가
면
생
활
자

가면생활자

조규미 장편소설

(주)자음과모음

차례

베타테스터

도시 중심부에는 아주 특별한 장소가 있다. 그곳의 이름은 '정원'. 정식 명칭은 아주 길고 복잡한 외국어로, 정확하게 아는 사람은 많지 않다. 사람들은 그 대신 '정원'이라고 부르거나 조금 더 분명하게 말하고 싶을 때는 '가면생활자의 정원'이라고 불렀다.

높다란 담으로 둘러싸여 있어서 안쪽에 어떤 풍경이 펼쳐져 있는지는 모른다. 사실 알 필요가 없다. 대개의 사람들과는 아무런 연결고리가 없기 때문이다. 평범한 사람들은 그 근처에 갈 일도 없고 그곳에 대해 알 길도 없다. 어쩌다 그 근처를 서성이게 된다 해도 담 건너편에 부자 소유의 고급 주택이 있으려니 한다. 도시 중심부에는 부자들의 저택이 많이 들어서 있기 때문이다. 하지만 담을 따라 계속 가다 보면 뭔가 이상하다는 느낌을 받게 된다. 담이 지루할 정도로 길게 이어지기 때문이다.

진진은 지금 그 담을 따라 걷고 있다. 늦은 오후지만 햇살이 따가웠다. 이마에 맺힌 땀을 손등으로 닦으면서 노란 스웨터를 입고 온 것을 후회했다. 가지고 있는 옷 중에서 가장 화사한 색깔을 골라 입은 건데, 날씨가 이렇게 더울 줄 몰랐다. 스웨터의 까끌까끌한 감촉이 땀이 밴 뒷목에 자꾸 닿았다.

약 한 시간 전, 진진은 열여덟 해 인생을 통틀어 가장 놀라운 소식을 들었다. 오후 수업을 마치고 기숙사 방으로 돌아가 침대 위에 몸을 던졌을 때였다. 어젯밤 새벽까지 잠을 이루지 못해 몹시 피곤한 상태였다. 서서히 잠 속으로 빠져드는데 스마트폰의 알람 소리가 울렸다. 감기는 눈을 겨우 치켜뜨고 메시지 내용을 확인했다.

귀하는 아이마스크 사의 신제품 베타테스터로 선정되었습니다. 다음 주까지 저희 회사에 오셔서 베타테스터 등록을 마쳐 주시기 바랍니다.

온몸이 스프링이라도 된 듯이 진진은 침대에서 벌떡 일어났다. 아이마스크의 베타테스터! 간절히 바라고 바라던 일이었다. 흥분을 주체할 수 없어 방 안을 펄쩍펄쩍 뛰어다니다가 곧바로 옷을 갈아입고 출발했다. 한시라도 빨리 베타테스터가 되고 싶었다.

기숙사를 빠져나온 후 곧바로 도시의 중심부로 향하는 급행 전철을 탔다. 전철을 타는 일은 가끔 있지만 중심부가 목적지인 건 이번이 처음이다. 기숙사에 있는 아이들에게 도시의 중심부는 손이 닿지 않는 높고 먼 곳이다. 그중에서도 '정원'은 가장 높은 곳에 존재하는 별나라 같은 곳이었다. 아이마스크 사(社)가 그들의 고객을 위해 만든 최고급 사교 공간이기 때문에 고객이 아니면 절대로 들어갈 수 없다. 고객이란 아이마스크에서 만든 엄청난 액수의 가면을 구입해 착용한 사람들을 말한다. 때문에 진진처럼 청소년 기숙사에 있는 아이들은 죽었다 깨어나도 들어갈 수 없다.

절대로 손에 닿을 수 없는 높은 곳. 그렇기에 어떤 이들은 더욱 간절히 원하고 어떤 이들은 같은 이유 때문에 빨리 단념한다. 진진은 전자에 가까웠다. 몇 시간 전만 해도 그것은 허황된 꿈이었지만 이제는 아니다. 당당히 그곳에 갈 수 있는 출입증을 쥔 셈이다.

일주일 전, 진진은 아이마스크사의 신제품 베타테스터에 지원했다. 지원 자격은 까다롭지 않았다. 그 회사의 제품을 사용한 적이 없는 18세 이상 남녀라면 누구나 지원이 가능했다. 제품을 사용한 경험이 없다는 것이 그때만큼 다행으로 느껴진 적은 없었다.

휘루루루.

어디선가 새 지저귀는 소리가 들렸다. 기숙사에서는 들어보지 못한 낯선 소리였다. 어떻게 생긴 새일까 궁금해서 두리번거렸지만 구름 한 점 없는 파란 하늘만 눈에 들어올 뿐 새는 보이지 않았다. 이곳에 사는 새마저 기숙사와는 다른 걸까?

직사각형 상자를 도미노처럼 세워 놓은 것 같은 기숙사에서는 늘 일정한 소리들이 들렸다. 기상 시간을 알리는 아침 방송 소리, 수업 시간을 알리는 종소리, 식당에서 식판 부딪치는 소리……. 앰뷸런스가 가쁘게 질러 대는 사이렌 소리도 그중 하나였다. 진진이 속한 73구역 청소년 기숙사는 가까운 곳에 큰 병원이 있어서 하루에도 수차례 다양한 사이렌 소리가 들렸다. 그곳은 병원이지만 큰 공장 같기도 했다. 가난하고 아픈 사람들이 매일 몰려와 대강의 수선을 받은 뒤 빠져나갔다.

　언젠가 사이렌 소리를 연거푸 다섯 번 들은 적이 있다. 모두 다른 앰뷸런스가 내는 소리였다. 그것은 마치 다른 종류의 비명을 쉬지 않고 듣는 것과 같았다. 고통을 호소하는 것 같은 사이렌 소리가 한 차례 휩쓸고 지나간 뒤 화를 내는 듯한 사이렌 소리가 들리기 시작했다. 그때까지만 해도 아무도 개의치 않았다. 흔히 있는 일이었기 때문이다. 잠시 후 세 번째 사이렌이 울리기 시작하자 아이들은 서로를 쳐다보며 어깨를 으쓱해 보였다. 그 눈빛에는 '웬일로 세 번이나?' 하는 뜻이 담겨 있었다. 희미하게 웃는 아이도 있었다. 당연히 그걸로 끝일 줄 알았다. 약간의 공백 후 네 번째 사이렌 소리가 울리자 아이들은 눈썹을 일그러뜨리며 신음 비슷한 소리를 내뱉었다. 문득 그 소리로부터 자신이 도망칠 수 없다는 사실을 깨달았는지도 모른다. 그 후 다섯 번째 사이렌 소리가 시작되었을 때, 아이들은 다들 돌덩이처럼 굳은 채 아무 말도 하지 않고 미동도 하지 않았다. 그건 마치 견고한 벽을 만나 체념하는 것 같은 모습이었다. 마지막 사이렌 소리가 사라지자 선생님은 '휴' 하고 작은 한숨을 내뱉고 수업을 다시 시작했다. 그러나 아이들은 끝까지 아무 내색도 하지 않았다. 그토록 조용했던 수업 시간은 그 후에도 경험해 본 적이 없다.

한 시간 남짓 이동했을 뿐인데 지구 반대편에 있는 낯선 도시에 온 기분이었다. 진진은 흐르는 땀을 닦으며 폰 속의 지도 정보를 확인했다. 이제 100미터쯤 더 걸어가면 정원의 정문이 나오고 거기에서 우측으로 꺾어 10분 정도 걸어가면 아이마스크 사에 도착한다. 전철에서 내린 뒤 일부러 정원 담벼락을 따라 우회하는 길을 택했다. 사전 답사를 해 놓는다고나 할까.

담벼락을 따라 걷다 보니 어느 지점부터인가 담의 키가 낮아지면서 길이 넓어지고 자그마한 광장이 눈앞에 펼쳐졌다. 광장 가운데에는 둥근 연못이 있고 연못 중앙에 하프를 연주하는 여인의 조각상이 있었다. 그리고 조각상 주변으로 가는 물줄기들이 뿜어져 나왔다. 담장이 끝나는 곳에는 금빛 쇠 장식으로 꾸며진 로코코 스타일의 커다란 문이 있었다. 그 앞에는 녹색 페도라를 쓰고 녹색 제복을 입은 사람들이 정자세로 서 있었다. 아직 오후라 그런지 정문 앞은 한산했다.

진진은 풍경을 눈으로 좇으며 지도 정보가 가리키는 대로 오른쪽 모퉁이를 돌았다. 모퉁이를 돌았을 뿐인데 거리의 분위기는

확 달라졌다. 조금 전의 평화롭고 한적한 모습이 아닌 다소 복잡한 풍경이 펼쳐졌다. 고층 빌딩이라고는 할 수 없어도 10층 정도는 족히 되어 보이는 건물들이 늘어서 있고 1층에는 테라스가 딸린 카페와 고급 레스토랑, 화려한 쇼윈도로 꾸며진 가게들이 즐비했다.

보석 가게 앞을 지나가다 진진은 유리창에 비친 자신의 모습을 슬쩍 보았다. 뭉툭한 코, 여드름이 붉은 깨처럼 솟아난 이마, 졸린 듯 보이는 눈……. 아무리 예쁘게 보려고 해도 그럴 수 없었다. 입꼬리를 살짝 올려 보았지만 별반 다르지 않았다. 화려한 보석으로 꾸며진 쇼윈도와 대비되어 유리에 비친 얼굴은 더욱 초라했다. 진진은 걸음을 옮기면서 다른 얼굴을 상상했다. 아직 창조된 적 없는 새로운 얼굴. 거뭇한 피부 대신 우유처럼 뽀얗고 복숭아처럼 발그름한 피부, 날렵한 콧날, 시원한 눈매……. 곧 그런 순간이 온다. 곧…….

18년간 자신을 비껴가기만 했던 행운이 이번에는 제대로 와서 한방 터뜨린 것 같았다. 찬란한 가면의 시간이 자신을 기다리고 있었다. 비록 그 시간이 길지 않고 거품처럼 꺼진다 해도 그 순간을 느끼고 싶었다. 진진의 이런 성향을 아는 룸메이트이자 단짝 친구인 해나는 가끔 바늘로 쿡 찌르듯 말을 했다.

"제발 정신 차려. 헛된 꿈 좀 그만 꾸고……. 지금 이게 우리의 최선이라고!"

그 말을 떠올리자 진진은 신물이 올라온 것처럼 속이 쓰렸다. 이게 우리의 최선이라니, 너무 잔인했다. 보이지도 않는 사이렌 소리를 견고한 벽으로 받아들이는 것이 정말 최선일까? 진진은 침을 꿀꺽 삼켰다. 쓰라린 마음까지 저 아래로 삼켜 버리고 싶었다.

'칫! 해나도 부러워할걸.'

베타테스터가 되었다는 소식을 들으면 해나가 어떤 표정을 지을지 궁금했다. 어쩌면 진진에게 했던 말들을 후회하며 베타테스터가 되는 방법을 알려 달라고 매달릴지도 모른다.

폰에서 목적지에 도착했다는 알람이 울렸다. 진진은 주변을 둘러보며 천천히 몇 걸음을 내디뎠다. 오른편 앞쪽에 별다른 특징이 없는 평범한 회색 건물이 눈에 들어왔다. 건물 밖에 아무 표시도 없기 때문에 목적지 알람을 해 놓지 않았다면 모르고 지나칠뻔했다.

진진은 조심스럽게 건물의 출입구로 다가갔다. 문을 열고 들어가자 넓은 로비 대신 환한 조명이 켜진 작은 방이 있었다. 사방으로 두세 걸음만 걸어도 벽과 마주칠 만큼 작은 방으로 안내인도 없었다. 대신 눈이 따가울 정도로 환한 조명이 방 안을 비추고 있었다. 진진은 마치 작은 상자 안에 갇힌 기분이었다. 그곳이 아이마스크 건물이라는 사실을 알려주는 것은 맞은편 벽에 쓰여 있는 'IMASK'라는 로고뿐이었다. 잠시 후 안내 방송이 흘러나왔다.

아이마스크 사를 방문해 주셔서 감사합니다. 인증번호를 입력해 주십시오.

맞은편 벽이라고 생각한 것이 내부로 들어가는 문인 것 같았다. 그 옆에 번호를 입력하는 키패드가 보였다. 진진은 폰 메시지로 전송된 번호를 입력했다.

잠시만 기다려 주십시오. 현재 귀하에 대한 정보를 인식 중입니다. …… 귀하의 신분이 인증되었습니다. 아이마스크 사에 오신 것을 환영합니다. 안내 데스크에서 안내를 받으십시오.

방송이 끝나기 전에 '위이이잉' 하는 소리가 나면서 회사 로고가 쓰인 벽이 스르르 양쪽으로 열렸다. 그 문을 지나가자 제법 넓은 로비가 나왔다. 조금 전 진진이 지나온 곳은 방이 아니라 신분을 확인하는 부스였던 것이다. 로비 중앙의 안내 데스크에는 여자가 한 명 서 있었다. 진진은 한눈에 그녀가 제품을 사용하고 있다는 것을 알 수 있었다.
환한 얼굴빛과 오뚝한 코, 자연스러운 눈썹과 둥그스름한 눈, 그리고 반짝이는 입술. 한눈에 봐도 아름다웠다. 그녀의 귀 뒤에 조그맣게 솟은 표식은 여자의 분위기를 한껏 세련되게 만들어 주었다. 여자가 미소를 지으며 물었다.

"진진 님이시죠? 따라오세요."

진진은 여자를 따라 엘리베이터를 탔다. 건물은 매우 조용했다. 두 사람 외에는 아무도 없는 것처럼 느껴졌다. 여자가 안내한 방에 들어선 순간 진진은 잠시 숨을 멈추었다. 신기한 광경이 펼쳐졌기 때문이다.

서명 없는 편지

"오타! 오타!"

누군가 부르는 소리에 오타는 기숙사 방으로 들어가려다 말고 뒤를 돌아보았다. 복도 저쪽에서 동급생 하나가 자신을 부르고 있었다.

"행정실로 오래!"

동급생이 이렇게 소리치자 오타는 고개를 갸웃거렸다. 이곳에 있는 아이들이 행정실에 갈 일은 1년에 한 번 정도밖에 없다.

"행정실? 왜?"

오타가 묻자 상대편은 귀찮다는 표정을 지으며 말했다.

"나도 몰라. 빨리 가 봐."

그는 이렇게 말하고 오던 길을 되돌아 계단으로 내려갔다. 저녁 식사를 마친 9학년 아이들은 대개 기숙사 방으로 돌아가지 않고 운동장이나 체육관, 또는 근처의 쇼핑센터로 놀러갔다. 열아홉 살인 9학년은 통금 시간 전에만 들어오면 저녁 외출은 큰 문제가 되지 않았다. 동급생 역시 거기에 합류하려는 것 같았다.

'무슨 일이지?'

오타는 지난번에 행정실에 갔던 일을 떠올렸다. 자신을 찾는 전화가 왔다는 전갈이었다.

'혹시 그 사람일까?'

오타는 숙소 건물에서 나와 본관 3층으로 향했다. 행정실에 들어서자 안쪽 책상에 앉아 있던 선생님이 그를 불렀다.

"네 앞으로 온 편지야."

선생님은 편지 한 통을 주며 혼잣말을 했다.

"허, 요즘 세상에 편지를 보내다니……."

청소년 기숙사에 있는 아이에게 편지가 온 게 백만 년 만의 일이라는 표정이었다. 편지 봉투의 수취인 난에는 오타의 이름과 주소가 적혀 있었고 보낸 사람 난에는 아무것도 적혀 있지 않았다. 선생님의 눈빛은 봉투를 찢어 큰 소리로 읽기를 원하는 것 같았지만 오타는 바지 뒷주머니에 편지를 꽂고 꾸벅 인사를 했다.

"감사합니다."

서둘러 출입문을 나가는데 뒤에서 선생님의 목소리가 들렸다.

"혹시 도움이 필요하면 언제든지 말해라."

오타는 못 들은 척 뒤돌아보지 않고 서둘러 계단을 뛰어 내려갔다. 친한 척하는 목소리, 애정과 관심을 가장한 표정…… 기숙사에 있는 선생님과 관리자들은 하나같이 저런 멘트와 표정 그리고 목소리 톤을 교육받는 모양이었다. 기숙사에 있는 아이들은 모두 저런 목소리와 제스처에 질려 버렸다.

편지는 이미 행정실의 검색대를 통과했을 것이다. 오타의 손에 전해진 것을 보면 오케이 사인이 떨어졌을 것이고. 봉투 속에 종이밖에 들어 있지 않다는 것은 한눈에 알 수 있었다. 편지든 소포든 기숙사를 들고나는 모든 물건은 검색대를 통과하게 되어 있다. 그뿐이 아니라 기숙사 출입구에는 검색 장치가 설치되어 있기 때문에 아이들은 검색대 위를 매일 드나드는 것과 다름없었다. 수상한 물건이 감지될 경우 그 아이는 호출된다. 물론 자주 일어나는 일은 아니다.

이런 형태의 감시는 많은 사람을 수용하는 장소에서는 불가피한 일이라고 한다. 수용하는 장소. 그러니까 이곳은 엄연히 수용시설이다. 그래서 기숙사의 아이들은 머리가 굵어지기 시작하면서 이곳을 수용소, 혹은 사육 시설이라고 자조적으로 불렀다. 부자는 더 부유해지고 가난한 사람은 더욱 가난해지는 사회, 아이를 양육하는 데 필요한 비용을 대기 어려운 사람들이 늘면서 청소년 기숙사라는 거대 시설은 이 사회에 꼭 필요한 곳이 되었다.

숙소로 돌아가 방문을 열자 편안한 어둠이 오타를 맞아주었다.

하루 종일 동급생이라고 불리는 훼방꾼들과 같이 있다 보면 이런 어둠과 고독이 그리웠다. 그래서 종종 저녁 식사를 마친 후 방으로 돌아와 불을 켜지 않고 침대에 누운 채 생각에 잠기곤 했다. 친구들은 그런 오타를 이해하지 못했다. 그들은 낮 시간의 얽매인 생활에서 놓여나 저녁 시간에는 자유롭게 떠들고 웃으며 긴장을 풀고 싶어 했다.

오타는 책상 스탠드를 켠 후 봉투를 찢어 편지를 읽기 시작했다.

찾아가겠다고 약속하고 못 지켜서 미안하다.

지금 나는 매우 어려운 상황에 처해 있다.

사방에서 나를 감시하고 있고 네트워크는 차단당했어.

네 주소가 내가 유일하게 기억하는 것이라서 어쩔 수 없이

네게 도움을 청한다.

편지를 받는 즉시 안티마스키드에 접속해서 피그에게 메시지를 보내줘. 꼭 살아서 너를 만나고 싶구나. 미안하다.

뭐, 뭐지? 그때 그 사람인가? 편지를 읽는 순간 가슴 밑바닥에서 작은 소용돌이가 일기 시작했다. 무슨 말일까? 왜 이런 편지를 보낸 거지? 잠시 넋 나간 듯 앉아 있다가 벌떡 일어나 기숙사 방 안을 서성이기 시작했다. 좁은 방 안을 한참 돌았지만 머릿속에서는 엉킨 실타래가 더 크게 부풀어 오를 뿐 아무 것도 명료해지

지 않았다.

　오타는 다시 편지를 살펴보았다. 무엇에라도 쫓기듯 갈겨쓴 글씨들은 당장이라도 시체처럼 종이 위에 주저앉을 것 같았다. 편지 아래쪽에는 보낸 사람의 서명 대신 인터넷 주소와 아이디, 패스워드가 적혀 있었는데 그것만큼은 정자체로 쓰여 있었다. 똑바로 쓰려고 억지로 힘을 준 티가 났다.

　"젠장, 도대체 뭐라는 거야?"

　편지 내용이 이런 것일 줄은 상상도 못 했다. 기숙사 밖에 있는 사람으로부터 연락을 받은 건 이번이 세 번째다. 첫 번째 기억은 몇 년 전의 일이다. 어떤 기업에서 하는 이벤트에 응모했는데 운 좋게 행운 상품을 받았다. 선물 상자 안에는 야구모자와 티셔츠가 들어 있었다. 두 번째는 작년 가을쯤이었나? 행정실에서 호출이 와서 갔더니 전화가 와 있었다. 얼떨결에 받은 수화기 저편에서 들려오는 이야기는 아주 뜻밖이었다.

　전화를 건 사람은 자신이 오래 전에 헤어진 오타의 형이라고 했다. 한참 동안 찾아다녔다며 꼭 만나고 싶다고, 곧 찾아오겠노라고 했다. 그가 개인 폰 번호를 알려 달라고 했지만 오타는 알려 주지 않았다. 아니, 알려 줄 수 없었다. 수화기를 든 채로 그 자리에 굳어 버렸기 때문이다. 오타가 계속 아무 말도 하지 않자 남자는 한참을 혼자 떠들더니 곧 찾아오겠다고 말하고는 전화를 끊었다. 그게 끝이었다. 그 후 아무 연락이 없었다.

처음에는 미친놈의 미친 소리겠거니 했다. 그런데 이상했다. 시간이 갈수록 그의 연락을 기다리게 되었다. 자꾸만 누군가 찾아오지 않을까 기다려지고 그가 어떤 사람인지 궁금해졌다. 정말이 세상에 친형이 존재할까 하는 의문도 생겼다. 그러나 한참이 지나도 연락은 오지 않았다. 시간이 지날수록 속은 것 같고 배신당한 기분이 들었다. 나중에는 어떤 미친놈의 수작에 놀아난 것이라고 생각하게 되었다. 그리고 그 기억은 서서히 지워지던 참이었다.

편지를 보낸 사람은 그때 찾아오겠다고 한 사람일까? 이 편지를 믿어도 될까? 안 돼! 바깥 사람들을 쉽게 믿어서는 안 된다. 어리숙한 기숙사 아이를 가지고 놀려는 미친놈일지도 모른다. 어쩌면 감옥이나 정신병원에 갇혀 있는 사람일 수도 있다. 그래서 편지에 쓰여 있는 것처럼 감시당하는 건 아닐까. 그러지 않고서야 이런 편지를 보낸다는 게…….

혹시 이 자가 말한 안티마스키드라는 데 접속해 보면 궁금증이 풀리지 않을까? 검색해 볼까 말까 망설이고 있는데 복도에서 왁자지껄한 소리가 들렸다. 오타는 급히 책상 마지막 칸 서랍을 열고 그 안에 들어 있는 낡고 자질구레한 물건들을 헤치고 맨 밑에 편지를 집어넣었다. 서랍 속에 들어 있던 물건들 몇 가지가 밖으로 삐져나와 바닥에 떨어졌다. 잠시 후 방문이 벌컥 열리면서 누군가 오타를 향해 소리쳤다.

"맨날 방구석에 틀어박혀서 뭐 하는 거야? 오늘 시합 얼마나 재미있었는데……."

세 명의 룸메이트가 앞서거니 뒤서거니 들어와 불을 켜고 더러워진 옷을 갈아입기 시작했다. 발갛게 달아오른 그들의 얼굴과 머리칼은 젖어 있었다. 시큼한 땀 냄새가 방 안에 퍼졌다.

"305호에서 맥주 파티 하기로 했어. 너도 빨리 와."

기숙사 안에서 술은 금지되어 있지만 아이들은 몰래 사 와서 마셨다. 열아홉 살 기숙사에서 나오는 맥주 캔만큼은 관리인들이 눈감아 준다는 이야기가 있다. 하지만 운이 나쁘면 본보기로 호되게 걸릴 수 있었다. 작년에 9학년이던 선배들도 몇 차례 그런 일을 겪었다. 발각되면 벌점을 받고 추가 훈련을 해야 하며 심할 경우 취업에 불이익을 당한다. 기숙사에서의 생활 전반은 아이들의 미래와 연결되어 있다. 올해 9학년에게는 아직 그런 일은 일어나지 않았지만 운 나쁜 누군가가 걸릴 거라는 예감은 다들 하고 있었다. 그 누군가가 자신이 아니기를 바랄 뿐이었다.

오타는 바닥에 떨어진 물건들을 주섬주섬 주워 올리며 말했다.

"응, 조금 있다……."

"빨리 와. 늦게 오면 한 모금도 없어!"

룸메이트들은 다시 뒤서거니 앞서거니 하면서 방을 나갔다. 닫힌 문 뒤에서 오타에 대해 떠드는 소리가 들렸다. 저 찌질이, 맨날 혼자 뭐 하는 거야? 원래 저런 놈이잖아. 신경 쓰지 마……. 떠드는 소리가 멀어지자 오타는 서랍을 열고 떨어진 물건을 도로 넣었다. 그런데 그중 하나에 눈이 갔다. 그걸 집어 든 순간 손끝에 전해 오는 낯익은 감촉…….

'이건?'

머릿속에 자동적으로 이름이 떠올랐다. 대일보이. 이름이 떠오른 순간 오타는 피식 하고 웃었다. 이걸 아직까지 가지고 있다니.

대일보이는 오타의 어릴 적 장난감 보물 1호였다. 얼굴, 몸통, 팔, 다리가 각기 다른 조각으로 이루어진 나무 인형으로, 손가락으로 문지를 때의 감촉을 특별히 좋아해서 손에서 놓지 않았다. 원래는 하늘색 모자를 쓰고 세일러복을 입고 있었는데 시간이 흐르면서 색깔이 모두 벗겨져 언제부턴가 벌거벗고 있는 것처럼 보였다.

기숙사 아이들에게는 개인 장난감에 대한 개념이 거의 없다. 함께 쓰고 함께 노는 공동 장난감이 있을 뿐이다. 하지만 이 물건은 오타만의 개인 장난감이었다. 어쩌다 그렇게 되었는지는 자신도 모른다. 오래도록 이 나무 인형을 버리지 않기는 했지만 아직도 책상 서랍 속에 있으리라고는 생각하지 못했다. 그냥 까맣게 잊어버리고 있었다. 나이가 들면서 오타의 머릿속은 다른 중요한 일들로 채워졌기 때문이다. 나무 인형을 손에서 놓지 않는 오타를 보며 유아 기숙사의 보모 선생님이 지나가듯이 했던 말이 있다.

"얘가 다섯 살 때 여기 가지고 들어온 건데, 절대 손에서 놓질

않네."

오타는 그 말을 잊을 수 없었다. 아무도 그것이 사실이라고 확인해 줄 사람은 없다. 나이를 먹으면서 기숙사를 몇 번 옮겼고 그러는 사이 10여 년의 세월이 흘러갔다. 어린 오타를 기억하는 사람은 이제 아무도 없었다.

오타는 인형을 서랍 안으로 밀어 넣었다. 그러고는 중얼거렸다.

'형이라고? 사기꾼 같으니라고!'

오타는 룸메이트들이 켜 놓고 간 불을 끄고 침대 위에 벌러덩 누웠다. 밖이 완전히 어두워지면서 길 건너편의 쇼핑센터와 술집들의 네온사인이 더욱 화려하게 빛나기 시작했다. 어디선가 귀에 익은 음악 소리가 들려왔다. 눈을 감고 그 음악에 집중하려고 했지만 헛수고였다.

변신

진진이 들어선 방의 맞은편 벽에는 10여 개의 액자가 걸려 있었다. 각각의 액자 안에서는 결이 다른 빛들이 은은하게 퍼져 나왔는데, 그 광경은 마치 다양한 종류의 빛을 전시하는 것처럼 보였다.

여자는 방 가운데에 있는 소파를 가리키며 잠시 기다리라는 말을 남긴 채 나갔다. 진진은 액자가 걸려 있는 벽으로 다가갔다. 그리고 액자 안을 확인하는 순간 조그맣게 탄성을 질렀다.

"아, 이건……."

액자 속에 있는 것은 그동안 출시된 아이마스크 제품들이었다. 투명한 물건이라 멀리서 봤을 때는 액자 안의 작은 조명이 뿜어내는 빛만 보인 것이다. No.1 정식 버전이 나오기 전에 만들어진 시제품부터 최근에 출시된 No.12까지 모든 모델이 전시되어 있었고 각 모델의 베리에이션 제품들도 구비되어 있었다.

투명하고 얇은 질감이 이마와 코, 광대뼈의 자연스러운 굴곡을 만들고 있었고 귀 위쪽 부분에는 1센티미터 정도의 은빛 표식이 달려 있었다. 표식 또한 이 제품의 중요한 포인트다. 사실 제품은 얼굴에 닿는 순간 스며든 것처럼 밀착되기 때문에 사용 여부를 알 수 없다. 그래서 제품을 착용하고 있다는 의미로 표식을 만들었다고 한다. 초소형 안테나처럼 생긴 표식은 말하자면 상품의 라벨 같은 것인데, 실제로는 라벨 역할을 넘어서 그 사람에 대한 보증 역할까지 한다. 말하자면 이런 것이다. 이 사람은 아이마스크 사의 제품을 사용하고 있는 특별한 사람이며 지금 표현되고 있는 얼굴은 이 사람의 외모를 보완하고 신분을 나타내기 위해 제공된 특별한 서비스임……

전문가가 아니면 각 모델의 차이점을 확인하기 어렵기 때문에 제품 표식의 디자인을 조금씩 달리해서 버전을 구분한다고 했다. 진진은 액자에 조금 더 다가가 표식의 디자인을 살펴보았다. 과연 진짜로 달랐다. 각 제품에 달린 표식들은 아주 미세한 차이지만 모두 달랐다. 색깔도 전체적으로 은빛이었지만 약간 붉은 기운이 도는 은빛, 푸른 기운이 도는 은빛 등 가지각색이었다. 진진이 최신 제품의 표식을 확인하려고 맨 끝에 있는 액자에 다가간 순간 뒤에서 기척이 느껴졌다.

"궁금한 점이 있으신가요?"

진진은 깜짝 놀라 소리가 나는 쪽을 보았다. 그곳에는 조각상 같은 얼굴의 남자가 단정하고 고급스러운 차림새를 하고 서 있었다.

"아, 저……."

진진이 말을 더듬자, 남자는 살짝 미소를 지으며 무슨 부탁이든 다 들어줄 것 같은 표정으로 말했다.

"환영합니다, 진진 양. 뭐든 말씀하세요."

남자가 곁으로 다가오자 매우 독특한 향기가 코 속으로 흘러들어 왔다. 진진이 여자들만 가득한 기숙사에 있어서만은 아니다. 다수의 남자들이 풍기는 싸구려 향과는 다른 특별한 향기였다. 뭐랄까, 마치 화려하게 빛나는 크리스털에서 새어나오는 냄새 같았다. 깨끗하고 맑고 시원한 느낌을 주는 향…….

진진이 넋을 놓고 쳐다보자 남자는 멋쩍은 듯 빙긋이 웃었다. 그 웃음이 어찌나 화사한지 햇살을 받은 꽃가지가 그의 눈가에서 흔들리는 것 같았다. 남자는 시선을 액자로 옮기며 입을 열었다. 그의 귀 뒤에도 어김없이 은빛 표식이 솟아 있었다.

"아시겠지만 아이마스크 제품은 특수 물질인 '판게아'로 만들어져 있어요. 간략히 설명을 드리면 이 물질은 제품 사용자의 얼굴에 맞게 변화하는 물질이지요. 제품을 이루는 성분들이 얼굴 환경에 맞게 움직이면서 사용자를 위한 최상의 모습을 만들어 냅니다."

남자는 벽에 걸린 액자들을 하나하나 눈으로 훑으며 자랑스럽다는 말투로 이야기를 이어 갔다.

"다양한 얼굴 조건에 적용시키기 위해 저희는 방대한 데이터베이스를 가지고 있어요. 인류 역사상 가장 아름답다고 여겨진 사람들의 얼굴형, 눈, 코, 입술 등을 연구해서 상황에 맞게 적용시키는 거죠. 물론 트렌드를 고려해서 요즘 각광받는 스타일도 많이 참고하고요. 사용자의 골격과 이목구비에 가장 자연스럽게 적용되는 것들을 뽑아서 조합합니다."

진진 역시 '판게아'라는 물질에 대해서 알고 있다. 아이마스크와 관련된 정보라면 공개된 대부분의 것을 찾아봤으니까. 자세하지는 않지만 판게아에 관한 설명도 있었다. 미세한 입자들이 모여 하나의 형체를 이루지만 수만 개에 달하는 입자의 독립 기능이 살아 있는 물질, 하나의 물질이지만 하나가 아닌 물질이라던가. 판게아 개발에 성공한 뒤 아이마스크의 연구팀은 '가면'을 만들었고 그로부터 수년이 지난 지금, 가면생활자는 아주 특수한 신분을 상징하는 말이 되었다.

"진진 양이 사용할 제품은 여기에 없어요. 새로 개발되었기 때문에 아직 공개되지 않았거든요. 저희는 몇 가지 신제품을 동시에 개발하는데, 진진 양이 테스트할 제품도 그중 하나예요. 절 따라오세요."

남자는 몸을 돌려 구름 위를 걷듯 가벼운 발걸음으로 방 한쪽에 있는 작은 문을 열고 들어갔다. 그곳은 병원 검사실처럼 생겼는데 방 한가운데에 환자용 등받이 의자처럼 생긴 것이 있고 정면 벽에는 커다란 모니터가 있었다. 남자는 진진에게 의자에 앉으라는 손짓을 했다. 진진이 의자에 앉자 천장에서 무언가가 '위이이잉' 하는 소리를 내며 내려왔다. 진진의 얼굴 앞에서 멈춘 것은 어른 주먹만 한 크기의 기계 장치였다.

"자, 먼저 진진 양의 얼굴을 분석할 거예요. 분석을 마치면 제품에 얼굴 정보를 입력해서 최적의 형태를 만들어 냅니다. 오래 걸리지 않아요."

진진은 코앞에 있는 장치를 보는 순간 두려운 생각이 들었다. 보호자도, 친구도 없이 낯선 곳에 와서 기이한 장치 앞에 자신을 내맡기고 있다니 상상도 못 했던 일이었다. 하지만 이제 이 장치가 진진의 피부를 도려내고 심장을 꺼낸다고 해도 다른 방법이 없었다. 벌떡 일어나서 '안 할래요!'라고 외칠 배짱도 없고 무언가를 얻으려면 위험을 감수해야 한다는 막연한 생각이 자신을 붙들고 있었다.

장치는 아주 복잡한 카메라처럼 생겼다. 그 장치가 얼굴 전체를 구석구석 스캔하면서 3차원으로 얼굴을 분석하는 모양이었다. 별 거 아니라고 스스로 다독이며 숨을 죽였다.

팟!

장치에서 조명이 켜지면서 진진의 얼굴을 비췄다.

지이이잉, 지이이잉.

기계는 작은 소리를 내며 진진의 얼굴을 구석구석 탐색했다. 장치가 얼굴을 분석하는 동안 최대한 자연스러운 표정을 짓고 싶었지만 얼굴 근육은 진진의 마음을 알아주지 않았다. 코는 평소보다 더욱 제멋대로 벌름거리고 입가는 제 맘대로 씰룩거렸다. 소리는 끝날 듯 끝나지 않으며 계속되었다. 잠시 멈추었다가 다시 소리가 시작될 때는 '이 아이 얼굴은 정말 답이 없네.' 하며 투덜대는 것 같았다.

기계가 진진의 얼굴을 훑는 동안 진진의 머릿속에서는 이런저런 생각이 뒤엉켰다.

'혹시 저 판게아라는 게 내 얼굴을 거부하는 거 아닐까? 분석 결과에 '이 얼굴은 분석에 실패했음'이라고 나오는 건 아닐까? 얼굴 면적이나 피부 상태에 따라 부적합 판정을 받을 수도 있을까? 가면이 내 얼굴에는 적용되지 않는 건 아닐까?'

남자는 짧은 시간이라고 말했지만 진진은 아주 길게 느껴졌다. 입안에 고인 침을 삼키지 못해 쩔쩔매고 있을 즈음, 장치가 작동을 멈추고 제자리로 돌아갔다. 하지만 그것으로 끝난 것이 아니었다. 조명이 갑자기 어두워지더니 어디선가 기계음이 흘러나왔다.

"눈을 크게 뜨고 정면을 응시하십시오."

정면 벽에 설치된 모니터에 진진의 얼굴 윤곽이 떠올랐다. 엑스선 사진을 찍을 때처럼 명암이 뒤바뀌어 다소 기괴한 느낌을 주었다. 진진은 그곳에 시선을 고정하였다. 진진이 눈을 깜빡이면 모니터 속의 얼굴도 눈을 깜빡이고 입술을 달싹거리면 모니터 속의 얼굴도 달싹거렸다. 잠시 후 조명이 밝아지자 모니터 속의 얼굴도 사라졌다. 남자가 아까 있던 방으로 안내했다. 진진이 소파에 앉자 남자는 검은색의 길쭉한 장치를 내밀었다.

"베타테스터가 되기 위한 몇 가지 등록 절차가 있어요. 등록하는 동안 제품이 완성될 것입니다. 이건 아이디 키트예요. 사용자와 제품에 대한 정보를 저장하는 곳이죠. 이 정보는 회사 시스템에 연결되어 있어서 나중에 제품을 평가할 때 자료로 이용됩니다. 물론 모든 개인정보는 철저하게 비밀로 유지됩니다."

아이디 키트는 길이가 15센티미터 정도 되어 보이는 원통 모양의 장치로, 중간 지점의 오목한 부분에 소형 렌즈가 있었다. 남자는 손으로 그 부분을 가리키며 말했다.

"여기에 눈을 갖다 대세요."

진진이 눈을 갖다 대자 '위잉' 하는 기계음이 들리더니 잠시 후 '찰칵' 하는 소리가 들렸다.

"잠시 그대로 계세요. 제가 묻는 사항에 동의하시면 눈을 깜빡여 주세요."

그러면서 남자는 진진에게 질문을 했다. 개인정보 사용 동의, 베타테스터 의무 사항 등 질문은 꽤 많았다. 그중에는 무슨 말인지 모르는 것도 있었다. 하지만 진진은 무슨 뜻인지 물어보지 않왔다. 말뜻도 모르는 무식한 네이키드로 보이기 싫었다. 가면을 구입할 수 없는 사람들이 자조적인 의미로 자신을 부르는 단어, 네이키드. 말 그대로 벌거벗은 민얼굴로 다닌다는 뜻이다. 반대로 가면을 쓰는 사람을 비아냥거릴 때는 마스키드라는 표현을 사용한다. 그 말에는 선망과 질시가 함께 들어 있다.

진진은 남자의 질문이 끝날 때마다 동그란 부분을 향해 눈을 깜빡였다. 동의, 동의, 동의……. 남자는 진진이 아무 생각 없이 눈을 깜빡거린다는 걸 알아챈 듯이 다시 확인했다.

"베타테스터 기간이 30일인 건 알고 계시죠? 리포팅 결과에 따라 진진 님이 이 제품의 주인이 될 수 있다는 것도요? 물론 안 될 수도 있고요. 그것도 알고 계시죠?"

물론 알고 있었다. 베타테스터 모집 안내문을 수십 번도 더 읽어 보았으니까. 하지만 그 부분은 여전히 궁금한 채로 남아 있다. 베타테스터가 제품을 반납하지 않고 그 제품의 주인이 될 수 있는 기준이 뭔지. 진진은 망설이다가 용기를 내어 물었다.

"그건…… 어떤 기준이죠? 주인이 될 수 있는 기준?"

남자의 얼굴에서 처음으로 미소가 사라졌다.

"음, 그건 제가 관여하는 사항은 아니고요. 닥터 함께서 판단하시는 거예요. 그 문제는 아주 전문적이고 예민한 문제라……."

"닥, 터, 함?"

"네. 이 일을 총괄하시는 분이죠."

남자는 다시 얼굴에 미소를 띠우며 대답했다. 진진은 의문이 풀리지 않았지만 고개를 끄덕였다. 이것저것 따졌다가 베타테스터 자격을 잃기라도 하면 낭패다. 진진은 30일간의 가면생활을 맘껏 즐기면 된다. 남자는 제품을 가져오겠다며 검은 키트를 들고 방을 나갔다.

시간이 얼마나 지났을까? 슬슬 배가 고픈 걸 보니 저녁 식사 때가 다 된 것 같았다. 지금쯤 친구들은 기숙사 식당으로 몰려가고 있을 것이다. 이곳에서 빨리 나가고 싶다고 생각하며 주변을 둘러보는데 그동안 알아채지 못한 것이 눈에 들어왔다. 검은 유리벽. 진진이 앉아 있는 곳의 반대편 벽은 콘크리트 벽이 아니라 시커먼 유리였다. 불투명 유리벽 너머에서 사람들이 안쪽에 있는 사람들의 행동과 말을 관찰한다는 이야기를 들은 적이 있다. 그렇다면 혹시? 진진은 갑자기 등줄기가 뻣뻣해졌다.

'이미 시작되었을까?'

베타테스터라는 말 자체가 일종의 시험과 감시를 담고 있다. 정확하게 생각이 나진 않지만 아까 진진이 동의했던 내용 가운데에도 그런 항목이 있었던 것 같다. 지금 이 순간에도 닥터 함 같은 사람들이 유리벽 저편에 앉아서 진진을 관찰하고 있을지도 모른다.

진진은 유리벽에서 시선을 돌린 채 소파에 깊숙이 몸을 기대고 앉았다. 미동도 하지 않고 굳은 자세로 가만히 있었다. 잠시 후 남자가 은빛 케이스를 가지고 왔다.

"완성되었습니다."

남자가 케이스를 열자 진진은 자신도 모르게 침을 꿀꺽 삼키며 안을 들여다보았다. 젤 타입의 보존 물질 속에 들어 있는 투명하고 둥근 실루엣이 보였다. 진진은 가슴이 두근거렸다. 남자는 케이스 옆면에 달린 스위치를 가리키며 말했다.

"이 스위치를 누르면 제품이 위로 떠오릅니다. 착용법은 아주 간단해요. 양쪽의 표식을 두 손으로 잡고 귀 뒤에 갖다 대면 제품이 저절로 얼굴에 밀착됩니다."

남자가 말한 대로 케이스에 달린 스위치를 누르자 보존 젤이 출렁이며 그 속에 잠겨 있던 제품이 스르르 떠올랐다. 투명한 막처럼 생긴 제품이 모습을 드러냈다.

진진은 머리카락을 귀 뒤쪽으로 단정하게 넘겼다. 그리고 양손의 엄지와 검지를 이용해 표식을 잡고 제품을 들어올렸다. 보존 젤은 눈에는 보이지만 만졌을 때는 아무 촉감도 느껴지지 않는 특수한 질감이었다. 눈을 감고 조심스럽게 제품을 얼굴에 갖다 대었다. 그러자 마치 살아 있는 물체처럼 얼굴을 감싸며 스며들듯 밀착되었다. 순간 시원한 느낌이 얼굴 전체에 퍼졌다. 상쾌한 바람이 얼굴 위에 살랑거리는 것 같았다. 잠시 후 그런 느낌이 사라지면서 아무 것도 느껴지지 않았다. 눈을 뜨자 남자가 거울이 있는 쪽으로 안내했다. 진진은 조심스럽게 거울을 바라보았다. 거울 속에서 낯선 얼굴이 진진을 바라보고 있었다.

"아!"

진진이 낮게 탄성을 지르자 남자가 빙긋이 미소를 지었다. 거울 속의 얼굴은 눈, 코, 입 그리고 얼굴형이 조금씩 달라진 모습이었다. 각 부분이 조금씩 달라졌는데 그것들이 모여 만든 전체의 느낌은 완전히 달랐다. 생각 이상으로 멋졌다. 가장 놀랍게 변한 것은 피부였다. 여드름과 뾰루지 때문에 울퉁불퉁하고 발긋발긋하던 피부가 환하고 매끈하게 바뀐 것이었다.

'예, 예쁘다……'

남자가 거울 속에 비친 진진을 바라보며 말했다.

"이제 당신은 가면생활자십니다."

*

진진은 화장대로 사용하는 서랍장 위에 조심스럽게 케이스를 올려놓은 뒤 보존 젤 속에 들어 있는 가면을 가만히 들여다보았다. 양쪽 끝에 은빛 표식을 빛내며 고요히 누워 있는 모양은 언뜻 보기에는 아주 얇고 투명한 플라스틱 조각 같았다.

진진이 처음 가면에 대한 이야기를 들은 것은 작년 가을의 일이다. 우연히 가면에 관한 기사를 접했다. 글을 쓴 사람은 비밀에 둘러싸인 아이마스크 사와 그들이 만든 제품에 대해 세계 최초로 공개한다는 사실에 무척 흥분한 듯 호들갑을 떨었다. 그러나 이제 와서 생각해 보면 그 기사는 제대로 쓴 것이 아니었다. 아주 제한된 정보만으로 짜깁기한 것이었다. 관련자와 인터뷰한 내용도 없고 회사 내부 사진 한 장 실려 있지 않았다. 단지 정원 사진이 하나 실려 있었는데, 그것도 내부가 아니라 외부에서 찍은 모습이었다. 그럴 만도 한 게 아이마스크는 가면과 관련된 정보를 아주 조심스레 노출했기 때문이다.

처음에는 기숙사 친구들도 그 기사에 관심을 보였다. 하지만 그들의 호기심은 오래가지 않았다. 어차피 자신들과는 상관없는 세계의 이야기였기 때문이다. 현실과 먼 욕망을 계속 유지하기 위해서는 아주 특별한 상상력이 필요하기 마련이니까. 그러나 진진은 달랐다. 가면에 대한 것이라면 무엇이든 찾아보았다. 그러다가 가면생활자들만의 특별한 문화가 있다는 것을 알게 되었다. 어마어마한 액수가 있어야 살 수 있는 가면을 쓰고 도시의 중심부에 있는 화려한 정원에 모이는 것.

허공을 떠돌던 사소한 바람이 어떤 계기에 의해 눈앞에 실체를 갖추게 되는 경우가 있다. 베타테스터 모집 공고를 본 순간 진진은 자신의 꿈이 말도 안 되게 헛된 것이 아니라는 생각을 하게 되었다. 진진은 태어날 때부터 기숙사에서 살았다. 기숙사 아이들은 '바깥세상'을 동경했다. 바깥에 사는 아이들은 그곳에 있다는 이유만으로 자유와 행복을 다 가진 것처럼 보였다. 진진의 동경은 좀 더 유별났다. 어렸을 적에는 바깥나들이를 갔다가 무리에서 이탈해 거리를 헤매다 경찰의 손에 이끌려 돌아온 적도 몇 번 있었다. 지금도 나갈 수 있는 상황만 되면 무조건 나가 싸돌아다녔다. 어렸을 때부터 진진을 돌봐 주었던 기숙사 선생님은 진진에게 '떠돌이 고양이'라는 별명을 붙여 주었다.

단짝인 해나 역시 진진의 그런 면에 대해 걱정하고 잔소리를 했다. 하지만 어제저녁 진진이 가면이 든 케이스를 들고 기숙사로 돌아왔을 때 해나의 반응은 그전과 조금 달랐다. 처음에는 믿지 못하겠다는 표정이었다. 하지만 진진이 가면을 착용한 모습을 보고는 놀라서 말을 잇지 못했다.

평범한 외모의 진진에 비하면 해나는 타고나기를 예쁘게 타고난 아이였다. 하얀 피부에 동그란 눈, 귀염성 있게 쏙 들어가는 보조개까지. 그런 진진과 해나가 단짝이다 보니 진진은 늘 해나와 비교되었다. 그렇다고 진진이 해나를 질투하는 것은 아니다. 어떤 때는 단짝인 해나가 예쁘다는 사실이 자랑스럽기도 했다. 하지만 부러운 건 어쩔 수 없었다.

아주 어릴 때에는 기숙사에 해나보다 예쁜 아이가 꽤 있었다. 하지만 그런 아이들은 대개 기숙사를 떠났다. 자녀가 없는 상류층 가정에서 입양했기 때문이다. 이런 사정이다 보니 기숙사에서는 해나 정도가 제일 예쁜 축에 든다. 그런데 어젯밤 진진은 보았다. 진진이 가면을 쓴 순간 해나의 눈동자에 부러움이 가득 담기는 것을.

진진은 정원에 갈 준비를 시작했다. 오늘은 어제처럼 두꺼운 스웨터를 입고 가지 않을 것이다. 먼저 해나의 옷장에서 하얀 블라우스를 꺼냈다. 새로 산 블라우스를 빌려 달라고 했을 때 해나는 망설였지만 간절하게 부탁을 하자 승낙했다. 해나는 늘 진진에게 관대했다. 블라우스를 꺼내는데 아래쪽에 상자 하나가 눈에 띄었다. 해나의 새 구두였다. 새 거만 보면 단박에 쓰는 진진과 달리 해나는 뭐든지 아꼈다. 구두는 진진의 발에 꼭 맞았다.

'내 구두는 너무 해졌고 지저분해……. 하얀 블라우스랑 어울리지 않아. 오늘만 빌리자. 신고 나서 깨끗하게 닦아 놓으면 모를 거야.'

진진은 하얀 블라우스와 새 구두로 멋을 낸 다음 머리에 컬을 만들었다. 그렇게 꾸미니 나이가 조금 더 들어 보였다. 그리고 케이스 속의 가면을 꺼내 얼굴에 밀착시켰다. 이번에도 얼굴 위로 시원한 바람이 살랑거리다 스며드는 것 같았다.

거울에 가까이 다가가 얼굴을 만져 보았다. 손과 뺨 사이에 아무것도 없는 것처럼 느껴졌다. 가면은 진진의 얼굴 속으로 자취를 감춘 것이다. 눈매는 조금 더 시원해지고 콧날은 더 오뚝해지고 입술은 살짝 도톰해지면서 입술 꼬리가 귀염성 있게 올라갔다. 진진은 원래 턱이 둥근 편이라 턱선이 어찌 변할지도 궁금했었다. 그런데 가면은 진진의 턱을 둥그스름하면서도 우아하게 만들어 냈다. 갸름해서 예쁜 턱선이 아니라 둥그스름해서 더 귀티가 나는 턱선으로 바꾸어 놓은 것이다. 진진은 자신의 얼굴을 취한 듯이 바라보다가 서둘러야 한다는 생각에 급히 기숙사를 빠져나와 정류장으로 향했다.

청소년 기숙사의 열여덟 살은 수업이 끝난 후 나이 어린 기숙생을 돌보는 일을 하거나 직업 훈련, 또는 취미 활동을 하도록 프로그램이 짜여 있다. 하지만 이런 활동은 수업만큼 철저하게 출석 체크를 하지 않기 때문에 선생님들의 눈을 피해 농땡이를 칠 수 있다. 하지만 통금 시간은 반드시 지켜야 했다. 진진은 시간을 체크하고 도심으로 가는 급행 전철에 올랐다.

안티마스키드

오타는 편지를 받고 사흘이 지난 후에야 안티마스키드에 대해 검색해 보았다. 처음에는 편지 따위는 잊어버리려고 했다. 하지만 시간이 지날수록 편지에 대한 생각이 마음 한구석에 들러붙어서 떨어지지 않았다. 사흘째 되던 날에는 궁금증이 점점 커져서 머릿속에 시커먼 맨홀이 생긴 기분이었다. 사기꾼의 수작이라고 되뇌며 잊어버리려고 했지만 다시 그 속에 빠져 허우적댔다. 어쩔 수 없이 수업을 마친 후 기숙사 방 옆의 컴퓨터실로 향했다. 안티마스키드에 관한 정보는 어렵지 않게 얻을 수 있었다.

안티마스키드는 가면을 만드는 아이마스크 사와 가면을 사용하는 사람들에 반대하는 모임이다.

어렴풋이 아이마스크에서 만드는 가면에 대해 들어 본 적이 있다. 거기에서 만든 가면을 사용하는 사람들을 가면생활자라나, 뭐 그런 말로 부른다고 한 것 같았다. 오타는 그 사람들이 이해가 안 되었다. 아무리 멋진 외모를 갖고 싶다한들 가면까지 써야 할까? 게다가 그 가면이 엄청나게 비싸서 아이들 말로는 오타네 기숙사 아이들의 1년 밥값과 맞먹는다고 했다. 왜 그런 막대한 돈을 쓸데 없는 일에 쓰는지 이해할 수 없었다.

하지만 안티마스키드는 더욱 이해가 안 되었다. 돈 있는 사람들이 비싼 가면을 사든 말든 무슨 상관인가? 세상이란 원래 그런 곳이 아닌가? 먹이고 키우는 일이 힘에 부쳐 아이들을 기숙사에 맡기는 부모들이 느는 한편, 한쪽에서는 돈이 펑펑 쏟아져 어쩔 줄 모르는 사람들이 공존하는 곳, 그들이 같은 공기를 마시며 살아가는 곳이 바로 세상이다.

안티마스키드 사이트는 한눈에도 허접해 보였다. 어떤 단체의 사이트라고 하기에는 디자인도 별로고 게시물도 몇 개 없었다. 이들이 누군지는 모르겠지만 아이마스크 같은 기업에서는 신경도 안 쓸 것이 뻔했다. 오타는 게시물 제목을 훑어보다가 '경고문'이라는 제목의 글을 클릭했다.

안티마스키드가 보내는 경고문

우리는 묻는다.

왜 그들은 가면을 쓰는가?

누가 그들에게 가면을 쓰게 하는가?

가면은 있는 자와 없는 자,

보호받는 자와 보호받지 못하는 자,

행복한 자와 불행한 자로 가른다.

인간이 하늘 아래 평등하다는 것은

인류가 부단히 증명해 온 사실이 아니던가?

우리는 경고한다.

그리고 고발한다.

아이마스크의 위험한 탐욕을.

인간다움을 훼손하는 음모를.

　글을 읽던 오타는 자신도 모르게 숨을 멈추었다. 오타는 이런 종류의 글을 본 적이 없다. 기숙사에서는 늘 순화된 언어, 정제된 언어를 쓰라고 교육받는다. 경고도 정중하게, 명령도 조심스럽게 하는 것이 이곳의 규칙이다. 그렇다고 모두들 아름다운 말만 쓰는 것은 아니다. 아이들은 마치 선배들로부터 유품을 이어받듯이 욕설과 한심한 전통들을 전수받는다. 하지만 이건 욕과는 다른 문제였다. 욕은 잠깐 기분을 더럽게 할 뿐이지만 지금 읽은 경고문은 달랐다. 서늘하고 날카로운 무언가가 심장 밑바닥을 건드린 기분이었다.

'도대체 왜?'

경고문을 다시 읽어 보려는데 작성자 이름이 눈에 들어왔다.

'피그!'

분명히 '피그'라고 쓰여 있었다. 오타는 급히 방으로 가서 서랍에 넣어 두었던 편지를 꺼냈다.

안티마스키드 사이트에 접속해서 피그에게 메시지를 보내 주기를 바란다.

편지에 쓰여 있던 그 이름이 맞았다. 피그는 엄연히 실존하는 인물이며, 편지를 보낸 이는 그에게 구조 요청을 하고 있었다. 오타는 형체 없는 지도의 첫 번째 퍼즐 조각을 쥔 기분이었다. 오타는 편지에 쓰여 있는 대로 로그인을 했다. 하지만 그 다음에 어떻게 해야 할지 판단이 서지 않았다. 이러지도 저러지도 못 하고 있는데 모니터에 메시지 창이 나타났다.

─유령! 오랜만이야.

오타는 깜짝 놀라 의자에서 미끄러질 뻔했다. 맙소사, 메시지를 보낸 사람은 피그였다. 그런데 다짜고짜 유령이라니? 그러지 않아도 유령에게 홀린 기분인데⋯⋯. 오타가 가만히 있자 메시지가 또 왔다.

─왜 그동안 연락 없었어? 얼마나 기다렸다고.

피그와 유령⋯⋯. 이 사이트에서 사용하는 대화명인 모양이었다. 그제야 오타는 상황 파악이 되었다. 자신이 접속한 것을 보고 상대편이 말을 건 것이다. 오타가 조금 전에 입력한 아이디의 대화명이 유령이었다. 상대방은 계속 물었다.

─왜 말이 없어? 혹시 무슨 일 있어?

오타는 속이 탔다. 뭐라고 답을 해 주어야 할 것 같았다. 하지만 뭐라고 해야 할지 판단이 서지 않았다. 에라, 모르겠다. 사실대로⋯⋯. 자판을 치는 손끝이 떨렸다.

─전 유령이 아니에요.

오타가 엔터를 누르자 잠시 후 메시지가 왔다.

—유령이 아니라고? 그럼 어떻게 유령 아이디로 접속했지?

이렇게 된 이상 오타는 할 말만 전해 주고 빠져야겠다고 생각했다. 거기까지가 자신이 할 수 있는 일이었다.

—연락을 받았어요. 여기에 접속하라고.

—누가? 유령한테?

—누군지 몰라요. 여기 접속해서 피그에게 구해 달라는 말을 전해 달래요. 감시당하고 있다면서.

—어디에 있는데?

—그건 이야기하지 않았어요.

—어떻게 연락받았지?

—편지를 받았어요.

상대방은 가만히 있었다. 뭘 하는 걸까? 답답해서 그냥 로그아웃할까 생각하는데 다시 메시지가 왔다.

—거긴 29구역 청소년 기숙사군. 학생인가? 유령이랑 어떻게 아는 사이지?

오타는 메시지를 보고 깜짝 놀랐다. 자신이 있는 곳을 알다니.

어쩌면 피그라는 사람도 편지를 보낸 사람처럼 자신을 알고 있을
지 모른다는 생각이 들었다. 갑자기 두려워졌다.

―혹시 그쪽도 날 알아요?
―아, 나는 당신을 몰라. 유령이랑 어떤 사이인지 모르겠지만 만나야겠
   다. 아무래도 유령한테 무슨 일이 있는 것 같아. 내가 그쪽으로 갈게.

갑자기 찾아온다는 말에 오타는 당황했다. 잠시 후 상대방은
29구역 기숙사 주변에 있는 가게들 이름을 대며 어디에서 만나는
게 좋겠냐고 물어 왔다. 아, 이 사람 뭐지? 오타는 잠시 망설이다
가 본 적이 있는 가게를 하나 골라서 메시지를 보냈다.

―난 파란색 잠바를 입고 있을 거야. 그쪽은?

일방적 통보에 난감했지만 어쩔 수 없이 자신이 입고 있는 옷
색깔을 메시지로 보냈다. 오케이 메시지가 뜬 후 상대는 더 이상
메시지를 보내지 않았다.
'지금 내가 뭘 한 거지?'
오타는 지금 자신이 한 일이 믿겨지지 않았다. 그대로 잠시 멍
하니 앉아 있다가 컴퓨터를 끄고 천천히 일어섰다. 무언가에 홀
린 기분이었다.

*

버석거리던 한낮의 먼지가 가라앉고 밤거리에는 축축한 기운이 감돌기 시작했다. 오타는 목덜미에 한기를 느끼며 '차차스'라는 가게의 출입문을 밀고 들어섰다. 손님이 많지는 않았지만 가게 안은 꽤 시끄러웠다. 파란색 옷을 입고 있는 사람이 있는지 훑었지만 보이지 않았다. 비슷한 옷을 입은 사람이 있었지만 일행이 있는 걸 보니 그 남자는 아닌 것 같았다. 오타는 한쪽 구석에 있는 자리에 앉았다.

차차스는 샌드위치와 음료수를 파는 가게인데, 저녁에는 맥주와 간단한 안주도 함께 팔아서 인근의 젊은이들이 많이 찾는 곳이었다. 이국적인 음악이 가게 안을 채우고 있었지만 다들 먹고 떠드느라 음악이 나오고 있다는 사실을 모르는 것 같았다.

오타는 종업원이 가져다준 물을 들이켰다. 긴장한 탓인지 입안이 바짝바짝 말랐다. 모르는 사람을 만난다고 생각하니 두렵고 긴장되었다.

'혹시 나쁜 사람이면 어쩌지? 범죄자나 도망자처럼?'

이런 생각이 들자 벌떡 일어나 기숙사로 돌아가고 싶었다. 하지만 이내 다른 생각이 고개를 들었다.

'어쩌면 그 사람이 나한테 온 편지랑 전화에 대해 알려줄지도 몰라.'

지금으로서는 피그라는 사람이 편지를 보낸 사람에 대한 유일한 단서인 것이다. 오타는 들썩거리는 몸을 눌러 앉히며 불안감을 몰아내려고 애썼다.

하지만 그는 나타나지 않았다. 약속 시간에서 15분이 지나자 어쩌면 그 작자가 나타나지 않을지도 모른다는 생각이 들었다. 갑자기 마음이 변했거나, 아니면 처음부터 올 생각이 없었을지도……. 진짜로 그렇다면 여기까지 온 자신이 싫어질 것 같았다. 그냥 일어나야겠다고 생각하는 순간이었다.

"29구역 기숙사에서 왔어요?"

누군가가 다가와 오타에게 말을 걸었다. 그는 파란색 잠바를 입고 있었다.

"미안해요. 늦었어요."

그는 이십 대 후반 정도로 보이는 남자로, 얼굴이 넓적하고 몸집이 컸다. 그는 땀을 닦으며 오타 맞은편 자리에 털썩 앉았다. 몹시 서둘러 온 모양이었다. 그는 잠바를 벗고 오타 앞에 놓여 있는 물을 단숨에 들이켜며 말했다.

"먼저 뭐 좀 시킬까요? 배고프죠?"

그러면서 남자는 종업원을 불렀다. 오타가 손을 저으며 말했다.

"아니에요. 전 저녁 먹고 나왔어요."

그러자 남자가 오타의 눈을 바라보았다. 몸집이 큰 데다 목소리가 걸걸해서 드센 인상일 줄 알았는데 의외로 눈빛이 순해 보였다.

"기숙사 밥은 부실하잖아요. 더 먹어요."

그는 그렇게 말하더니 종업원을 불러 이것저것 주문했다. 주문을 마친 남자가 오타에게 물었다.

"어떻게 된 거죠?"

자신이 하려던 질문인데 남자가 선수 쳤다. 오타가 아무 말도 않자 남자는 또 물었다.

"유령이랑 어떤 사이예요? 아이디와 비밀번호를 알려 줄 정도면?"

옆 테이블에서 와르르 웃는 소리가 잠시 둘 사이의 긴장감 속으로 파고들었다가 사라졌다. 오타는 침을 꿀꺽 삼키고 겨우 대답했다.

"모르는 사람이에요. 저한테 편지를 보냈는데 거기에 그렇게 하라고 쓰여 있었어요. 안티마스키드에 접속해서 피그에게 도움을 요청하라고……."

그는 조금 난감한 표정을 지었다. 그러더니 다시 차분한 음성으로 물었다.

"혹시 편지 가지고 있어요?"

낯선 남자에게 편지를 보여 주는 것이 망설여졌지만 그의 말을 들어야 할 것 같았다. 윗옷 안주머니에서 편지를 꺼내 남자에게 건넸다. 남자는 자못 심각한 표정으로 편지를 읽었다.

"유령은 그쪽을 잘 알고 있는 것 같은데? 그쪽은 진짜 몰라요?"

오타는 아무 말 않고 눈만 끔벅거렸다. 주문한 음식과 음료수가 나오자 남자는 목이 마르다는 듯 맥주를 꿀꺽꿀꺽 들이켰다. 배가 고팠는지 급히 이것저것 입에 넣으면서 오타에게도 먹으라고 권했다. 오타는 먹는 대신 할까 말까 망설이던 말을 꺼냈다.

"작년에 조금 이상한 전화를 받은 적이 있어요. 그 사람이 저의 형이라고 하더라고요."

"형?"

샌드위치를 베어 물던 남자가 반문했다.

"물론 전 그 말을 안 믿었어요. 누가 장난친 걸로 생각했어요. 그 후 연락도 없었고요. 그런데 며칠 전에 편지가 온 거예요. 연락 못 해서 미안하다면서."

남자가 샌드위치를 입에 넣고 우물거리며 혼잣말하듯이 중얼거렸다.

"유령한테 동생이 있었나?"

유령…… 그 사람은 왜 하필 별명이 유령일까.

"그 사람이랑…… 잘 아는 사이예요?"

"사실 만난 건 딱 한 번뿐이야. 주로 메시지를 주고 받았지. 그러다가 연락이 끊겼고……"

오타는 어이가 없었다. 딱 한 번 봤으면서 구해 달라고 한 사람이나, 편지 이야기를 듣고 단숨에 달려온 사람이나 전부 이상해 보였다. 한편으로는 실망했다. 형이라는 작자에 대한 궁금증을 풀 수 있을까 하고 기대했는데 모른다고 하니.

"나도 그를 찾고 있어. 유령 아이디로 접속하니 당연히 유령인 줄 알았고……."

"그런데 왜 나한테 연락했을까요?"

"편지에 쓰여 있는 것처럼 다른 통신 수단을 이용하기 어려웠던 것 같아. 외우는 주소는 그쪽 것밖에 없고. 다른 방법을 이용하면 위험하다고 판단한 모양이야. 그나저나 그쪽이 유령한테 상당히 중요한 사람인가 본데?"

남자는 아무렇지도 않게 말했지만 오타는 그 말을 듣고 이상한 기분이 들었다. 자신이 바깥세상에 있는 누군가에게 중요한 사람일 수 있을까……. 태어나서 처음 느끼는 기분이었다.

"아무래도…… 심각한 상황인 것 같아……."

남자는 눈을 가늘게 뜨고 고개를 갸웃거리면서 편지를 보았다.

"그럼 이 편지가 장난이 아니라는 건가요?"

"음…… 유령이 장난할 사람은 아니야. 지금 위험한 상황에 처한 게 분명해. 갑자기 연락이 끊긴 것도 그렇고……."

오타는 남자가 좀 더 자세한 이야기를 해 주길 바랐지만 그는 말을 아꼈다.

"자세한 걸 알 필요는 없어. 어쩌면 모르는 게 약일 거야."

남자는 이렇게 말하며 맥주잔을 비웠다. 오타는 웨지 감자 한

쪽과 닭다리 튀김 한 조각을 먹었을 뿐인데 음식은 순식간에 거의 동나고 없었다. 피그라는 이름은 저 왕성한 식욕에서 나온 걸까?

오타는 그냥 돌아갈 수 없다는 생각이 들었다.

"저한테 온 편진데 무슨 내용인지는 알아야죠."

일부러 약간 불만스러운 말투로 말하자 남자가 물끄러미 바라보았다. 둘 사이에 잠시 침묵이 흘렀다.

"그래. 답답하겠지. 내가 말해 준다고 궁금증이 풀릴지 모르겠지만……."

침묵을 깨고 남자가 느릿느릿 말했다.

"지난겨울에 그가 메시지를 보냈어. 우리가 하는 일에 관심이 있다고 했어. 한번은 우리 사무실에 찾아와서 안티마스키드에 대해 이것저것 묻더군. 그 후에 몇 번 메시지를 주고받았지. 뭔가 이야기하고 싶은 게 있는 것 같았는데 극도로 조심하는 것 같았어. 마지막 메시지가 급한 일이 있으니 곧 찾아오겠다는 내용이었는데 그 후 소식이 끊겼어. 그게 한 달 전쯤인가그래."

그의 말을 듣고 있으니 유령의 행적이 조금이나마 머릿속에 그려졌다. 남자는 가볍게 한숨을 내쉬면서 말했다.

"동료들과 상의해 봐야겠어. 방법을 찾아야지. 편지를 가져가도 될까?"

오타가 고개를 끄덕이자 남자는 잠바 안주머니에 편지를 넣었다. 그는 잠시 뭔가 골똘히 생각하는 듯 가만히 있더니 다시 입을 열었다.

"통금 시간 다 되지 않았니?"

오타는 조금 놀랐다. 이 사람은 오타 같은 아이들의 생활을 잘 알고 있었다.

"기숙사 생활을 잘 아시네요?"

"아아, 난 모르는 게 없어. 그게 직업이야."

남자는 알쏭달쏭한 말을 하며 피식 웃었다.

둘은 거리로 나왔다. 거리는 아직 밤을 즐기는 사람들로 흥청 거렸다. 차차스 출입문 앞에서 남자는 오타에게 악수를 청했다.

"나와 줘서 고마웠다. 다시 연락해도 되겠지?"

오타는 고개를 끄덕였다. 아까부터 묻고 싶었던 것이 입에서 맴돌았다. 지금 묻지 않으면 기회를 놓칠 것 같았다.

"그런데…… 그 사람을 왜 유령이라고 불러요?"

남자는 별거 아니라는 듯 어깨를 한 번 으쓱하더니 대답했다.

"자신에 대해서 아무것도 밝히지 않았거든. 이름도, 소속도, 사는 곳도, 연락처도. 그래서 유령이라고 불렀지. 본인도 싫다고는 안 하던데?"

이렇게 말하고 남자는 밤거리 속으로 사라졌다. 오타는 그의 뒷모습을 바라보다가 발걸음을 돌렸다. 기분이 이상했다. 아니, 태어나서 이런 기분은 처음이었다. 발에 닿는 땅의 감각이 느껴지지 않고 앞머리를 스치는 바람의 속도도 느껴지지 않았다. 대신 피그가 이야기했던 것들이 머릿속에서 뱅글뱅글 돌았다. 오타는 취한 사람처럼 휘청거리며 기숙사로 향했다.

정원에서 만난 사람

　날씨는 어제만큼이나 화창했다. 다만 어제보다는 늦은 시간이라 담장에 걸린 하늘 끝이 살짝 붉었다. 담 너머로 들리는 음악 소리도 어제보다 크게 느껴졌다.

　전철에서 내려 걷는 동안 발뒤꿈치가 점점 아파 왔다. 해나의 구두가 새것이라서 그런 건지, 진진에게는 조금 작아서인지 모르겠지만 걷는 내내 진진의 발뒤꿈치를 물어뜯었다.

　광장의 분수는 어제처럼 규칙적으로 물줄기를 뿜어 대고 있었다. 그 소리는 정원 안에서 흘러나오는 음악 소리에 장단을 맞추는 것처럼 들렸다. 정문 앞에는 오늘도 녹색 제복을 입은 남자들이 보였다. 진진은 심호흡을 한 번 하고 그들이 서 있는 곳으로 다가갔다. 그들은 제복과 같은 색깔의 페도라를 썼는데 챙이 넓어서 얼굴의 반이 그늘에 덮였다. 그래서인지 그들의 얼굴은 전부 똑같아 보였다.

그들은 정원사다. 이것 또한 가면생활자의 정원을 소개하는 기사에서 알게 된 내용이다. 명칭이 정원사라고 하여 나무를 가꾸는 일을 하는 것은 아니다. 그들은 가면생활자의 정원을 방문하는 손님들의 시중을 든다. 음식을 서빙하고 뒷정리를 하면서 가면생활자들이 편안하게 즐길 수 있도록 돕는다. 그 기사에서는 '녹색 페도라를 쓴 정원사들이 있는 듯 없는 듯 정원을 돌본다.' 라고 표현하고 있었다.

진진이 정문에 다가가자 정원사들이 공손하게 인사했다. 금빛 쇠장식이 달린 커다란 문을 통과하는데 문 위쪽에서 소리가 들렸다.

진진 님, 신분이 인증되었습니다. 가면생활자의 정원에 오신 걸 환영합니다.

잔뜩 긴장하고 있던 터라 진진은 그 소리에 놀랐다. 문 어딘가에 식별 장치가 있는 모양이었다. 아이마스크 건물의 입구에서 들었던 소리와 비슷한 음색이었다.

"처음 오셨군요. 환영합니다."

안쪽에서 정원사 한 명이 다가왔다. 그 역시 모자챙 때문에 얼굴이 잘 보이지 않았다. 그는 '처음 이용하시는 분들을 위한 안내서'라고 적힌 책자를 내밀며 공손하게 물었다.

"정원 안내가 필요하십니까?"

진진은 책자를 받으면서 반사적으로 고개를 저었다. 정원사와 함께 이곳을 다니면서 처음 온 티를 내고 싶지 않았다. 가면을 썼다 한들 자신은 이방인이다. 최대한 그림자처럼 조용히 거닐다가 연기처럼 빠져나가고 싶었다.

조심스레 정원 안으로 들어선 진진은 자신도 모르게 숨을 멈추었다. 태어나서 이토록 아름다운 풍경을 본 적이 없었다. 이미 감동받고 놀랄 준비를 하고 왔지만 그 이상이었다. 갑자기 어지러워지면서 현실이 아닌 꿈이나 그림 속의 세계에 들어온 것 같은 느낌이 들었다.

하늘을 향해 우아하게 가지를 뻗은 나무들과 색색가지 꽃송이들, 그림 같이 서 있는 가로등, 고풍스러운 분위기를 자아내는 벤치, 아름다운 호수와 세련되고 멋진 건물, 그리고 은은하게 깔리는 음악. 진진이 사는 73구역 기숙사와는 너무나 다른 광경이었다. 누추한 변두리의 칙칙한 건물들 사이에 삐죽이 들어선 기숙사는 좁은 대지 위에 건물 세 개가 빽빽이 들어서 있다. 건물과 건물 사이에 손바닥만 한 화단이 있고 그 속에 나무 한두 그루와 관목들이 웅크리고 있을 뿐이다. 그에 비하면 이곳은 마치 신이 만든 숲을 통째로 옮겨 놓은 듯했다. 진진은 꿈길을 걷듯 그 속으로 천천히 걸어 들어갔다.

얼마나 걸었을까. 어스름이 깔리기 시작하면서 가로등에 불이 들어오자 정원은 또 다른 아름다움을 뽐내기 시작했다. 연못에서는 색깔 조명들이 화려한 그림을 그렸고 정원 곳곳에 자리한 자그마한 카페와 스낵바들은 화려한 간판 조명을 켰다. 어느 한 장면, 어느 한 풍경, 아름답지 않은 곳이 없었다.

그럼에도 진진의 시선을 가장 끈 것은 단연 가면생활자들이었다. 그들은 우아하고 세련된 모습으로 정원을 거닐고 담소를 나누었다. 모두들 머리끝부터 발끝까지 한 치의 틈도 없이 아름다웠다. 출발할 때만 해도 괜찮다고 생각했던 해나의 블라우스와 구두는 네이키드의 초라하기 짝이 없는 싸구려 패션일 뿐이었다. 진진은 부끄러워서 자신도 모르게 어깨를 움츠렸다.

하얀색의 화려한 건물이 눈에 들어왔다. 5층 건물로 높지는 않았지만 건물 입구에 신전을 연상시키는 커다란 기둥이 있어 보는 사람을 압도했다. 진진은 이 건물 또한 낯설지 않았다. 해마다 5월이면 건물 주변으로 장미 화원을 조성하기 때문에 장미궁전이라는 별칭을 얻었다고 한다. 아직 장미는 피지 않았지만 장미궁전의 첫인상은 꽤 근사했다. 커다랗고 하얀 기둥과 긴 계단, 환하게 켜진 조명이 진진을 환영해 주는 것 같았다. 그리고 무엇보다 진진을 끌어당긴 것은 음식 냄새였다. 건물 앞뜰에는 흰색 파라솔들이 펼쳐져 있고 야외 뷔페가 차려져 있었다. 고기 굽는 냄새와 빵 냄새, 커피향에 이끌려 진진은 뷔페 쪽으로 걸음을 옮겼다. 뱃속에서 연신 꼬르륵 소리가 나던 참이었다.

슬쩍 눈치를 보다가 열대 과일 하나를 입속에 넣었다. 새콤달콤한 과즙이 입안에 퍼지면서 용기가 생겼다. 진진은 고기를 집어 접시 위에 올려놓고 예쁘게 장식된 샐러드와 생선도 챙겼다. 한 손에는 음식이 담긴 접시, 한 손에는 음료수가 든 잔을 들고 가장 구석진 테이블로 가서 허겁지겁 먹어 치웠다. 먹는 시간만큼은 가면생활자들의 시선 따위를 잊어 버렸다.

식사를 마친 후 음료수 잔에 주스를 가득 따라 홀짝홀짝 마시면서 다시 정원을 거닐었다. 배를 채우니 편안하고 느긋한 기분이 들었다. 이제 가면생활자의 기분을 조금 더 즐기다가 통금이 되기 전에 기숙사로 돌아가면 된다.

'신경 쓸 거 없어. 다들 나한테는 관심 없다구. 내가 베타테스터라는 걸 모를 거야. 아니, 난 지금 엄연히 가면생활자인걸. 걱정할 거 없어.'

스스로 주문을 거니 더 배짱이 생겼다. 장미 정원 뒤뜰을 구경하고 넝쿨 식물로 꾸며진 구름다리 밑을 지날 때였다. 뒤에서 누군가 구름다리 밑으로 뛰어들더니 진진의 어깨를 툭 쳤다.

"리아! 언제 귀국했어?"

진진이 손에 쥐고 있던 잔의 음료수가 넘치면서 진진의 블라우스, 아니 해나의 블라우스에 얼룩이 생겼다. 진진은 깜짝 놀라 블라우스에 묻은 음료수를 털어 내며 뒤를 돌아보았다. 낯선 남자가 서 있었다. 그의 얼굴에서 반가운 빛이 사라지고 당황한 기색이 떠올랐다.

"어? 실례했어요. 친구인 줄 알고……."

블라우스 앞섶에 생긴 동전 크기의 붉은 얼룩 그리고 자신에게 말을 건 낯선 남자. 진진은 동시에 일어난 두 개의 사건 때문에 빨리 달리는 회전목마에 올라탄 것처럼 어지러움을 느꼈다.

"저런! 미안해요. 어두워서 못 봤네요."

남자는 그제야 진진이 들고 있는 음료수 잔과 블라우스에 생긴 얼룩을 발견한 모양이었다. 남자는 어쩔 줄 몰라 하다가 바지 뒷주머니에서 지갑을 빼들었다.

"블라우스 새로 사세요. 정말 미안해요."

그럴 필요 없다고 말하고 싶었지만 말이 나오지 않았다. 예상치 못한 상황이었다. 가면생활자에게 어떻게 말해야 할까? 늘 하던 대로? 진진은 마치 처음 배우는 외국어를 하는 것처럼 겨우 입을 움직였다.

"아, 아, 아니에요. 그, 그럴 필요 없어요."

이렇게 대답하며 바라본 남자의 얼굴은 정말 아름다웠다. 짙은 눈썹과 서늘한 눈매, 오뚝한 콧날과 하얀 이마를 보는 순간 숨이 멎는 기분이었다. 구름다리를 감고 뻗은 넝쿨 그림자가 남자의 얼굴에 마력이라도 불어넣은 걸까? 진진은 감전이라도 된 듯이 아무 말도 못 하고 그대로 서 있었다.

진진과 눈이 마주치자 남자는 한 번 더 미안하다고 말했다. 순간 그의 눈빛이 다정하고 친근하게 느껴졌다. 가면생활자들도 저런 눈빛을 가질 수 있다니……. 아니 사실 진진은 가면생활자들의 눈빛을 제대로 본 적이 없다. 단지 그들은 아름답지만 뭔가 모르게 도도하고 차가울 거라고 생각했을 뿐이다. 그런데 남자는 그렇지 않았다. 그의 눈빛은 따스했다. 여린 꽃을 비추는 달빛 같은 눈길…….

남자는 미안하다고 연거푸 사과한 후 진진의 시야에서 사라졌다. 그가 떠난 후 넝쿨 식물의 향기가 갑자기 진해진 것 같았다.

*

기숙사에 돌아왔을 때는 통금 15분 전이었다. 진진은 블라우스의 앞섶에 남아 있는 붉은 자국을 살펴보았다. 해나가 보면 난리를 칠 것이 뻔했다. 게다가 새 구두를 몰래 신은 사실까지 들키면……. 구두쇠 해나의 잔소리가 귓가에서 쟁쟁거리는 것 같았다.

진진이 방문을 열었을 때 방 안은 어두웠다. 원래 기숙사 방은 선배 두 명과 진진, 해나가 함께 쓴다. 선배들은 올해 열아홉 살인데 조기 취업을 해서 주중엔 공장에서 숙식하고 주말에만 기숙사에 왔다. 그들은 내년이 되면 기숙사에서 완전히 독립할 것이다.

진진과 해나가 갈 길도 그들과 크게 다르지 않다.

'아직 안 들어왔나?'

꽤 늦은 시간인데 웬일일까. 진진은 서둘러 구두를 벗어서 흙먼지를 턴 다음 해나의 옷장에 넣었다. 그리고 블라우스를 벗으려다가 화들짝 놀랐다. 이층 침대 아래 칸에 해나가 누워 있었다.

"너, 있었어? 벌써 자는 거야?"

가까이 가 보니 해나는 이불을 껴안은 채 울고 있었다.

"왜 울어?"

해나의 얼굴은 눈물범벅이었다. 오늘 해나는 근처 종합병원에서 직업 훈련을 했다. 장래 희망이 간호사라 성실하게 훈련을 받고 있던 터였다.

"병원에서 무슨 일 있었어?"

해나가 꽉 잠긴 음성으로 대답했다.

"주, 죽었어."

뜬금없이 죽다니 무슨 말일까? 진진은 다시 물었다.

"죽다니? 누가 죽어?"

"그, 그 애 말이야. 소아병동 중환자실……."

그제야 해나가 말했던 아이가 떠올랐다. 해나가 가면 좋아서 방글방글 웃는다던 아이……. 한 달 전부터인가, 해나는 유독 그 아이한테 정이 간다며 이야기를 많이 했다. 그런데 그 애가 그렇게 위독한 상태였나? 귀담아듣지 않은 것이 후회되었다. 진진은 뭐라고 위로해야 할지 몰랐다. 그저 해나의 손을 잡고 눈물을 닦아 주었다. 해나가 흐느끼며 말을 이었다.

"그 아이는 너무 늦게 병원에 왔대. 이미 손을 쓸 수 없는 상태가 된 후에……. 부모랑 있었으면 그렇게 늦게 오지 않았을 텐데……."

해나는 더 구슬프게 울었다. 진진도 마음이 아팠다. 해나도 불쌍하고 죽은 아이도 불쌍하고 자기 자신도 불쌍했다. 셋이 모두 같은 처지라는 것이 슬펐다.

진진은 씻는 둥 마는 둥 하고 침대에 누웠다. 피곤이 몰려왔지만 머릿속은 찬물로 씻어 낸 듯 또렷했다. 아래 칸의 해나는 겨우 감정을 가라앉힌 모양이었다. 훌쩍이는 소리가 잦아들더니 규칙적인 숨소리로 바뀌었다.

해나의 숨소리는 매일 밤 진진에게 자장가나 마찬가지였다. 하루 종일 바쁘고 매사 열심인 해나는 늘 진진보다 먼저 잠이 들었다. 진진은 눈이 말똥말똥한 채 해나의 숨소리를 들으며 상상의 나래를 펴고 그 위에 다시 꿈의 집을 짓곤 했다. 그렇게 새벽까지 잠을 이루지 못하다가 아침이 되면 해나가 깨우는 소리에 겨우 눈을 떴다.

즐거웠던 일을 상상하는 것. 그것이 진진이 매일 밤 잠들기 전에 하는 마지막 의식이었다. 진진은 매일 밤 이불을 덮고서는 가장 행복하고 즐거웠던 일을 상상했다. 물론 즐거웠던 일이 떠오르기 전에 잠드는 날도 많았다. 지금도 해나의 눈물을 맞닥뜨리기 전의 감정으로 돌아가려고 애쓰고 있다.

처음으로 가면을 쓰고 정원에 간 날이었다. 거울에 비친 얼굴은 마음에 쏙 들었다. 전철 안에서 쳐다보던 사람들의 눈길도 생각났다. 그들이 감탄하는 표정으로 자신을 바라보면 자랑스럽고 신날 줄만 알았는데, 이상하게도 그 예상은 스르르 부서져 버렸다. 무엇 때문이라고 명확히 말할 수는 없었지만 기대만큼 즐겁지는 않았다.

구름다리 밑에서 만난 남자의 모습이 떠올랐다. 주변이 어두운 데다가 아주 짧은 시간 마주친 거라 또렷이 기억나지는 않지만, 그 잠깐의 시간이 머릿속에서 계속 맴돌았다. 그가 말했던 이름이 뭐였더라? 리아, 리아라고 했나? 누굴까?

진진은 몸을 뒤척이며 나지막이 한숨을 토해 냈다. 기숙사 앞 동에 간간히 켜 있는 작은 불빛이 창문을 통해 들어왔다. 눈을 감자 넝쿨 그림자가 짙게 드리워진 남자의 얼굴이 또다시 떠올랐다.

제안

청소년 기숙사의 열아홉 살은 의무적으로 직업 훈련을 받아야 한다. 여러 분야의 기술을 접하면서 자신이 뭘 좋아하고 잘하는지 발견하라는 취지다. 스무 살부터는 직업을 선택해 기숙사에서 독립해야 하기 때문에 아이들은 싫건 좋건 해야만 했다.

오타 역시 여러 가지 훈련을 받았다. 훈련을 하다 보면 아이들마다 좋아하거나 잘하는 분야가 확실히 다르다는 것을 알게 된다. 기계를 보면 눈이 반짝이는 아이, 계산을 잘하는 아이, 몸을 움직이는 것을 좋아하는 아이, 좋아하는 건 없어도 뭐든 열심히 해 보려는 아이……. 물론 아무것도 관심이 없는 애들도 있다. 오타도 그런 쪽이었다. 오타의 훈련 성적은 별로 좋지 않았다. 겨우 낙제점만 면할 정도라 훈련 리포트에는 뚜렷한 적성을 보이는 분야가 없다는 평가가 이어졌다. 오타는 자신의 적성을 찾지 못한 채 청소년 기숙사의 직업배정위원회에서 정하는 곳에 강제로 배정될 확률이 높았다.

직업 훈련은 대개 기숙사 근처에서 이루어지지만 어떤 경우에는 현장 실습을 가기도 한다. 장소가 정해지면 일주일에서 길게는 한 달까지 그곳에서 일한다. 며칠 전부터 오타는 기숙사에서 조금 떨어져 있는 현장으로 배치되었다. 전기 장치 부품을 만드는 일이었는데 이번 일에도 흥미가 생기지 않았다.

금요일 저녁이라 오타가 속한 조의 동급생들은 실습을 마치고 인근 쇼핑센터에 놀러가기로 했다. 이름은 쇼핑센터지만 그곳에는 식당, 술집, 영화관 등 저렴한 오락거리가 다 있었다. 오타는 그런 복잡한 곳은 딱 질색이라 혼자 기숙사로 돌아가려고 마음먹었다.

오타는 그다지 외출을 즐기는 편은 아니지만 동급생들 중에는 뻔질나게 나가는 녀석들도 꽤 있었다. 개중에는 밖에서 싸움에 휘말리거나 외박을 하는 경우도 있었다. 그럴 경우에는 외출 금지 벌칙을 받게 되고 직업 배정에서도 불이익을 받게 된다. 벌칙은 대개 하루 이틀로 짧게 끝나지만 특별한 경우에는 몇 달간 계속되기도 한다. 굶주림과 학대가 없는 수용시설. 기숙사가 내걸고 있는 캐치프레이즈처럼 기숙사에서는 체벌이 철저히 금지되어 있다. 그러나 벌칙을 주는 데는 에누리가 없고 불이익을 줄 때는 자비심이 없다.

전철을 타기 위해 지하로 연결되는 계단을 내려가는데 폰이 급하게 울렸다. 오타는 받으려다가 멈칫했다. 폰 화면에 낯선 번호가 떠 있었기 때문이다. 누굴까? 오타가 망설이는 사이에 전화는 끊겼다. 잠시 후 메시지가 왔다.

네 형을 아는 사람을 찾았어. 사무실로 당장 와 주길 바라.

피그였다. 지난주에 그를 만난 뒤 궁금한 게 더 많아졌다. 자신도 모르게 그로부터 연락이 오기를 기다리고 있었다. 그런데 아는 사람을 찾았다니, 오타가 생각한 것보다 그가 훨씬 더 능력자일지도 모른다는 생각이 들었다. 곧이어 주소를 알려주는 문자가 도착했다. 시내 중심에서 약간 북쪽에 위치한 곳으로 전철로는 30분 거리였다. 오타는 망설여졌다. 바깥 사람들의 일에 휘말리기 싫었다. 기숙사 아이들이 바깥일에 잘못 휘말리면 골치 아파진다. 특히 오타처럼 열아홉 살인 경우 진로 선택에 치명적인 결함으로 작용할 수도 있다. 전철 플랫폼에 서서 잠시 생각하다가 오타는 기숙사행 전철에 올랐다.

'그들이 알아서 하겠지. 내가 할 일은 없어.'

전철이 덜컹거리며 출발했다. 오타는 출입문 옆에 서서 검은 차창에 비친 자신의 얼굴을 바라보았다. 작달막한 키에 까무잡잡한 얼굴, 억세고 굵은 머리카락이 어지럽게 흩어져 있는 이마. 이상하게도 자신의 얼굴을 보다 보면 처음에는 익숙한 얼굴이었다가 시간이 갈수록 점점 낯설어졌다. 오늘도 여지없이 그런 생각을 하며 차창에 비친 자신을 바라보는데, 문득 다른 얼굴이 그 위에 겹쳐졌다. 이번에도 낯선 느낌과 동시에 아주 오래전부터 알고 있었다는 느낌이 밀려왔다.

'누구지?'

오랜 시간 동안 바닥에 가라앉아 있던 기억이 바스라지기 직전에 둥실 떠올랐다가 공중으로 흩어진 것 같았다. 오타는 홀린 듯 창에 비친 얼굴을 노려보았다. 허공으로 사라지는 기억을 움켜쥐려고 했지만 아무것도 남지 않았다. 마침 어느 역인지 전동차 문이 열렸다. 오타는 허겁지겁 전철에서 내렸다.

*

피그가 일러 준 주소는 전철역에서 멀지 않은 곳이었다. 지은 지 30년은 되어 보이는 낡고 지저분한 건물로 주변은 퇴근하고 쏟아져 나오는 사람들로 복잡했다. 횡단보도의 신호가 바뀌자 한 무리의 사람들이 길을 건너기 시작했다. 오타는 파도에 밀려가듯이 그 틈에 섞여 잿빛 건물을 향해 걸어갔다.

건물 입구 역시 낡고 초라한 데다가 엘리베이터는 건물 크기에 비해 좁고 퀴퀴한 냄새가 났다. 12층 버튼을 누르는데 긴장한 탓인지 목 뒤가 뻐근했다.

'여기까지 오다니 내가 미친 건 아닐까.'

오타는 늘 가는 곳만 가는 아이였다. 낯설고 새로운 곳에 가는 일에 거부감이 있었다. 이곳에 온 건 상당한 모험이었다.

12층의 긴 복도에는 양쪽으로 방들이 빼곡하게 들어차 있었다. 어떤 방에는 팻말이 달려 있고 어떤 방에는 없었다. 1207호에도 팻말이 달려 있지 않았다. 살짝 열린 문 안쪽에서 희미하게 말소리가 들렸다. 문틈으로 책상 몇 개와 컴퓨터 몇 대, 책장 등 정리되지 않은 사무실 풍경이 눈에 들어왔다. 파티션이 있어 안쪽은 보이지 않았다. 오타는 들어갈 용기가 나지 않았다. 지금이라도 왔던 길을 되돌아가고 싶었다. 문 앞에 서서 머뭇거리고 있는데 뒤에서 기척이 느껴졌다.

"오타?"

깜짝 놀라 뒤를 돌아보았다. 양손에 커다란 봉지를 들고 있는 덩치 큰 남자가 눈에 들어왔다. 피그였다. 그는 반갑다는 듯이 눈을 찡긋거렸다.

"빨리 왔네. 들어가자."

피그는 앞장서서 사무실로 들어갔다. 그가 들고 있는 봉지 속에서 맛있는 냄새가 났다. 파티션 안쪽은 바깥쪽보다는 깔끔했다. 시가지가 한눈에 들어오는 커다란 창문이 있고 중앙에는 테이블이 있었다. 테이블에는 남자 두 명과 여자 한 명이 앉아 있었다. 오타가 들어가자 그들은 반가움과 호기심이 섞인 눈빛으로 바라보았다.

"이쪽은 우리 회원이야. 건지랑 도마뱀. 건지는 잡지사 기자고 도마뱀은 내 동료야."

엉뚱한 이름에 잠시 당황했지만 그것이 피그나 유령처럼 안티마스키드에서의 대화명이라는 것을 눈치챌 수 있었다. 건지라는 여자가 밝은 표정으로 오타에게 손을 흔들었고 도마뱀이라는 남자는 빙긋 웃으며 고개를 까딱했다. 그런데 한 사람은 다른 이들과 분위기가 달랐다. 나이가 좀 있어 보였는데, 머리를 짧게 깎고 안경을 끼고 있어서 다소 날카로운 인상을 주었다.

"그리고 이쪽은 유령이랑 같이 일했던 분이셔."

피그가 이야기하자 그는 오타와 눈을 마주치며 가볍게 미소를 지었다. 피그가 봉지에서 먹을 것을 꺼내면서 말했다.

"일단 먹자. 다 먹자고 하는 일이니까."

피그가 사 온 음식을 주섬주섬 꺼내 놓자 도마뱀이 창문 옆에 있는 냉장고에서 음료수를 꺼내 테이블 위에 놓았다. 다들 별다른 말없이 눈앞에 놓인 음식을 먹기 시작했다. 오타는 처음 보는 사람들과 함께 밥을 먹는 상황이 낯설었지만 음식을 보니 시장기가 느껴졌다.

"닮았군요."

안경을 낀 남자가 말했다. 그러자 먹느라고 분주했던 분위기가 순식간에 가라앉았다. 마치 테이블 한 켠에 유령이 진짜로 찾아온 것 같았다. 오타는 처음에 무슨 말인지 알아듣지 못했다.

'닮았다고? 누구랑?'

무슨 뜻인지 짐작하는 순간 조금 전에 삼킨 당근 조각이 목구멍에 걸리는 것 같았다. 누구를 닮았다……. 태어나서 처음 들어본 말이었다. 피그가 눈을 둥그렇게 뜨고 음식을 우적우적 씹으며 오타를 쳐다보았다.

"그런가? 못 느꼈는데……. 하긴 난 한 번 본 게 다라서……."

테이블 맞은편에 앉아 있던 건지가 냅킨으로 입을 닦으며 물었다.

"몇 살이에요? 열아홉? 열여덟?"

오타는 입안에 있는 음식물을 통째로 꿀꺽 삼키고 대답했다.

"여, 열아홉이에요."

"진로 정하느라 바쁘겠네요."

오타가 고개를 까닥거리자 건지가 무언가 할 말이 있다는 표정으로 잠시 쳐다보다가 눈길을 돌렸다.

식사를 마친 후 피그가 창문을 열어 환기를 시켰다. 창문 밖으로 어둠이 막 내리기 시작한 회색빛 하늘이 보였다. 그 아래로 건물들이 군집해 있는데, 새로 지은 빌딩과 오래된 빌딩이 패치워크처럼 조화를 이루며 도시의 풍경을 만들었다. 도마뱀이 모두에게 뜨거운 커피를 따라 주었다.

"너를 만난 후 여기저기 알아보다가 저 분과 연락이 되었어. 그러면서 몇 가지 의문이 풀렸지. 유령이 왜 안티마스키드 그룹과 접촉하려고 했는지 말이야. 그는 아이마스크의 연구소에서 일하고 있었어."

피그의 말에 남자가 가볍게 한숨을 쉬며 입을 열었다. 그의 미간에 살짝 주름이 잡혔다.

"작년 이맘때까지 같은 직장에서 일했어요. 제약회사 연구소로 저는 지금도 다니고 있고요. 아주 친한 편은 아니라 자세한 건 모르고 가끔 이야기할 기회가 있었던 정도⋯⋯. 갑자기 아이마스크로 옮긴다고 하더군요. 아주 좋은 조건이라면서. 아이마스크는 폐쇄적이기로 이름난 회사라 연구원들이 좋아하는 직장은 아니에요. 그곳에 들어가면 보안을 이유로 여러 가지 제약이 많다고 들었어요. 그러나 보수는 좋아요. 아주 놀라울 정도죠. 그 친구가 갑자기 돈이 필요하다고 하더군요. 왜 필요했는지 이제야 짐작이 가네요."

남자가 오타를 바라보며 의미심장한 미소를 지었다. 피그가 오타를 힐끗 보며 덧붙였다.

"혹시 오타를 데려오려고?"

기숙사에 있는 아이를 빼 오려면 많은 돈을 지불해야 한다. 기숙사를 졸업한 아이들은 졸업 후에 싼 임금으로 도시에서 필요한 일에 배치되는데, 그 인력이 없어지는 만큼 국가는 손해니까 그에 대한 배상을 청구하는 셈이다. 유령이 정말로 자기를 위해 돈을 벌려고 했을까? 오타는 믿기지 않았다.

"아이마스크는 그냥 비밀이 많은 정도가 아니야. 정보기관만큼이나 요새 같은 조직이지. 그동안 여러 가지 방법으로 내부 사람들을 만나 보려고 했지만 모두 실패했어. 그런데 유령이 아이마스크 연구원이었다니…….."

피그가 아쉽다는 듯 고개를 설레설레 저었다. 오타가 용기를 내어 물었다.

"아이마스크에서 일하면서 왜 안티마스키드를 찾은 거죠? 반대하는 사람들이잖아요."

"그게 문제의 핵심이야. 아이마스크에서 뭔가 심상치 않은 사실을 알게 되고, 그걸 해결하기 위해서는 우리의 도움이 필요했던 것 같아. 자신이 아이마스크 연구원이라고 밝히지 않은 것은 어쩌면 당연한 일이지. 아주 위험한 일을 하고 있는 셈이니까."

잠자코 듣기만 하던 건지가 걱정스러운 얼굴로 말했다.

"유령에게 일이 생긴 지 얼마나 된 걸까요? 편지에 찍힌 소인은 열흘 전이지만 유령이 편지를 쓴 날로부터 얼마나 지났는지 알 수가 없어서……. 유령처럼 가족이 없는 사람은 실종 신고를 하는 사람이 없으니 감쪽같이 사라져도 알 수가 없어요."

"찾아야지. 어떻게든…….."

피그가 말끝을 흐리자 안경을 낀 남자가 고개를 절레절레 흔들었다.

"쉽지 않을 거요. 아이마스크는 호락호락한 상대가 아니에요. 그나마 외부인이 접근할 수 있는 곳이 아이마스크가 만든 정원인데, 다들 아시겠지만 거기 들어가려면 아주 비싼 가면을 써야 하거든요. 들어가는 건 불가능해요."

남자의 말이 끝나기 무섭게 건지가 끼어들었다.

"베타테스터는 들어갈 수 있어요."

"가면 베타테스터?"

안경을 낀 남자가 묻자 건지가 고개를 끄덕였다.

"네. 베타테스터가 필요하죠. 10여 개의 제품을 만드는 동안 꾸준히 기능을 향상시켜 왔으니까요. 정원을 이용할 수 있는 권리가 베타테스터에게 주어지는 특전이에요. 한마디로 미끼죠. 사실 그걸 쓰고 정원 밖을 돌아다니는 사람들은 많지 않아요. 아이마스크라는 요새에 들어가는 방법은 그 길밖에 없어요."

"그래서 베타테스터가 되려는 건가요?"

남자가 묻자 건지가 곤란해하는 표정을 지으며 말했다.

"그게 좀 어려운 게 스무 살 이하만 자격이 돼요."

이렇게 말하더니 건지는 오타를 바라보았다. 오타는 당황했다. 여기서 스무 살 이하에 해당되는 사람은? 자신밖에 없는 게 분명했다. 이 사람들이 자신한테 무얼 원하는 걸까? 불쾌한 감정이

등줄기를 타고 올라왔다. 맛있는 밥, 향이 좋은 커피, 친절한 대화…… 모든 것이 자신에게 무언가를 요구하고 부탁하기 위한 것이라는 생각이 들자 벌떡 일어나서 뛰쳐나가고 싶어졌다.

"지, 지금 저한테……."

오타가 입을 떼기가 무섭게 건지가 말을 자르며 물었다.

"어때요? 오타라면 자격이 충분해요. 형이 바라는 것도 오타와 안티마스키드가 협력하는 일일 거예요. 그리고 무엇보다 우리가 정원을 살펴봐야 할 중요한 이유가 있어요. 피그, 설명 좀 해 줘."

피그가 오타의 눈치를 슬쩍 보더니 입을 열었다.

"아, 그, 그게, 바로 어제 있었던 일인데, 우리 사이트에 유령 아이디로 접속한 기록이 있어. 그런데 추적해 보니 누군가 정원 안에 있는 네트워크에서 접속했더라고. 로그인 비밀번호를 아는 사람이 오타랑 우리밖에 없거든. 오타가 한 건 아닐 테고, 아마 유령 본인이거나 유령에게 비밀번호를 알아낸 제삼자일 가능성이 제일 크지."

"정원은 아이마스크 본사 못지않게 보안이 철저한 곳이에요. 그곳에 감쪽같이 잠입하는 것은 불가능하죠. 정원은 정문으로만 들어가야 해요. 그들이 원하는 형식에 맞춰서……. 제가 아이마스크 취재 1년째예요. 여기저기 뚫어 보려고 애썼지만 쉽지 않았어요."

건지는 오타가 베타테스터가 되어야 한다고 생각하는 것 같았다. 그러자 피그가 고개를 저으며 말했다.

"위험해. 훈련된 사람도 아닌 열아홉 살 소년이 하기에는……."

"그렇다고 유령을 그대로 둘 수는 없어. 어떤 일이 벌어질지 모른다고!"

건지의 날카로운 목소리에 모두 입을 다물었다. 다들 숨을 죽이고 최악의 경우를 생각하고 있는 것 같았다. 오타는 갑작스러운 이야기에 당황했다. 인근 역으로 전철이 진입하는 소리가 짧은 정적 사이를 파고들었다. 창밖에는 완전히 어둠이 내리고 고층 빌딩과 시가지에서 뿜어내는 조명들이 밤거리를 밝히고 있었다.

오타는 자신이 대답할 차례라는 것을 느꼈다. 기숙사에 있는 아이들은 자신의 주장을 내세울 기회가 많지 않지만, 자신을 보호하기 위해서는 입장을 정확히 표명해야 한다고 배운다. 그들에게 '나중에 생각해 볼게.'라는 대답은 사치다.

"저, 저는 그런 데 끼고 싶지 않아요."

오타가 이야기를 시작하자 모두 놀란 얼굴로 오타를 바라보았다. 이왕 이렇게 된 김에 머릿속에 떠오른 말들을 모두 내뱉었다.

"제가 기숙사 출신이라는 거 모두 알고 계시죠? 가족이 없다고요. 그런데 갑자기 형이 있다니, 그게 말이 되나요? 저는 편지 내용 안 믿어요. 뭐 하시는 분들인지 잘 모르겠지만 저한테 이상한 일 시킬 생각은 마세요. 저는 조금만 잘못해도 벌점 먹고 취직하는 데 지장이 생겨요. 내 맘대로도, 누구 맘대로도 할 수 없는 처지라고요."

말을 마치고 나자 오타는 귀밑이 벌겋게 달아오르는 걸 느꼈다. 다들 말문이 막힌 듯 가만히 있었다. 건지가 어색한 미소를 지으며 말했다.

"기분 나빴다면 사과할게요. 내가 좀 성급했어요."

"아닙니다. 전 이만 가 볼게요. 더 있을 이유는 없는 것 같네요."

오타는 이렇게 대답하고 자리에서 벌떡 일어났다. 고개를 꾸벅 숙여 인사를 한 후 파티션을 지나 문 쪽으로 걸어가자 피그가 엉거주춤 일어서서 오타를 바라보았다. 모두가 자신을 쳐다보는 것 같아 등이 따갑게 느껴졌다. 하지만 이것이 최선이라고 스스로 타일렀다.

사무실 문을 막 나가려는데 파티션 안에서 건지의 목소리가 들렸다.

"아, 그런데 유령 이름이 뭐예요? 이름을 알아야 찾아보기라도 하죠."

안경 낀 남자에게 묻는 것 같았다. 잠시 후 그의 목소리가 들렸다.

"…… 대일."

목소리가 작아 앞 글자는 잘 들리지 않았지만 뒤의 두 글자는 또렷이 들렸다.

'대, 일?'

오타는 그 이름을 듣는 순간 자리에 멈춰 섰다. 가슴 깊숙한 곳에서 묵직한 무언가가 울리는 것 같았다. 그리고 손바닥에 어떤 감촉이 본능처럼 돋아났다. 그것은 익숙한 나무의 감촉이었다. 둥글게 깎아 만든 목각 인형의 감촉, 대일보이…….

새로운 친구들

세면장 거울에 비친 모습을 보는 순간 진진은 저도 모르게 얼굴을 찌푸렸다. 거무튀튀한 피부, 여드름이 솟아난 이마, 뭉툭한 코……. 익숙한 얼굴이 거울 속에서 못마땅하다는 표정으로 자신을 바라보고 있었다. 진진은 조그맣게 중얼거렸다.

"잘못 만든 동글쿠키 같아."

기숙사 아이들은 직업 훈련 중에서 제과제빵 시간을 가장 좋아했다. 오랜만에 단것을 양껏 먹을 수 있는 기회였기 때문이다. 그중에서도 설탕이 듬뿍 들어간 동글쿠키는 인기 최고였다. 동그랗게 구워진 쿠키 위에 건포도와 너트로 눈코입을 장식하면 얼굴 모양은 쿠키 개수만큼이나 다양했다. 예쁜 쿠키는 가장 나중에 먹고 못난 쿠키가 제일 먼저 입속에 들어갔다.

진진은 한숨을 쉬며 제일 먼저 먹혀 버릴 것 같은 얼굴을 바라보았다.

'괜찮아. 이제 가면을 쓸 거니까.'

진진은 나흘간 기숙사에 묶여 있었다. 첫 번째 이유는 벌점을 받았기 때문이다. 정원에 다녀온 다음 날, 진진을 담당하는 선생님의 호출이 있었다. 선생님은 진진이 이번 달에 채울 직업 훈련 시수를 채우지 못했다며 벌점을 줬다. 그리고 이대로 가면 9학년 진급이 어려울 거라는 경고도 덧붙였다.

두 번째는 해나가 아팠기 때문이다. 해나는 그날 밤 이후 심하게 앓았다. 병원 실습은커녕 수업에도 들어가지 못하고 침대에 누워 있었다. 너무나 갑작스러워서 병원에서 죽은 애의 병이 전염된 것은 아닐까 생각될 정도였다. 하지만 죽은 애가 걸린 병은 전염병이 아니었다. 해나의 병명은 스트레스와 피로로 인한 탈진이었다. 아니라는 걸 알면서도 죽은 아이의 그림자가 해나를 쫓아다니는 것만 같아 기분이 찜찜했다. 진진은 어쩔 수 없이 오후에는 직업 훈련을 받고 저녁에는 해나와 함께 시간을 보냈다. 해나는 오늘 아침에야 침대에서 일어났다.

얼굴에 묻은 물방울을 남김없이 닦은 후 가면 케이스를 열었다. 스위치를 누르자 가면이 스르르 떠올랐다. 이 순간마다 진진의 가슴은 수면이 햇살을 받아 반짝이는 것처럼 설레었다. 가면을 쓸 수 있는 날은 이제 스무 날 남짓. 아이마스크 사에서 만난 남자가 했던 말이 떠올랐다.

"진진 양의 것이 될 수도 있어요."

몇 퍼센트 가능성이 있을까? 그렇게만 된다면 뭐든지 할 거다. 목숨을 내어 주는 일만 아니라면 뭐든지.

가면을 착용한 뒤 머리카락으로 귀를 덮었다. 은빛 표식을 가리기 위해서였다. 벌점을 받은 뒤 조심해야겠다는 생각이 들었다. 자신이 베타테스터가 된 일을 선생님들이 알면 그들은 온갖 핑계를 대서 못하게 할 게 뻔했다. 다행히 지난번에 나갈 때는 아무와도 마주치지 않았다. 하지만 앞으로는 모를 일이었다. 가능하면 얼굴을 푹 숙인 채 누구와도 시선을 마주치지 않고 기숙사를 빠져나가야 했다.

복도에는 아무도 없었다. 진진은 계단을 내려가 기숙사 건물 현관을 향해 종종걸음 쳤다. 몇몇 아이들이 현관을 드나들고 있었지만 다들 저희끼리 떠드느라 진진을 쳐다보지는 않았다. 기숙사 5학년인 아이 하나가 층계를 올라가려다 말고 진진을 힐끔 쳐다보았다. 아는 아이였지만 그 애는 진진을 알아보지 못했다. 낯설고 예쁜 얼굴에 대한 호기심으로 쳐다본 듯했다. 진진은 뛰다시피 기숙사를 빠져나왔다.

전철을 타고 가는 동안 진진은 가방을 꼭 움켜잡고 있었다. 가방 속에는 진진의 전 재산이 들어 있었다. 그래봤자 얼마 안 되지만. 기숙사에 있는 아이들에게 돈이 생길 구멍은 많지 않다. 1년에 두세 번 일률적으로 지급되는 용돈과 기숙사 주변에서 할 수 있는 소소한 아르바이트가 다였다. 그나마 진진은 돈이 생기면 써 버리는 스타일이라 모은 돈이 많지 않았다. 가지고 온 돈으로 정원에 입고 갈 옷을 살 작정이었다. 설레면서도 한편으로 걱정되었다. 가면생활자들이 입는 옷은 얼마나 비쌀까? 그들이 신는 신발은? 가방은? 액세서리는? 이 돈으로 얼마나 살 수 있을까?

거의 한 시간을 달려 도시 중심부에 도착했다. 옷가게를 기웃거리다가 크림 빛깔의 원피스가 쇼윈도에 걸려 있는 가게로 들어갔다. 하지만 진진이 갖고 있는 돈으로는 어림도 없었다. 눈치 빠른 점원이 세일 태그가 붙은 다른 원피스를 권했다. 먼저 본 것의 절반 가격이었다. 피팅룸에서 원피스를 입고 나오자 점원은 예쁘다고 칭찬하며 거울 속에 비친 진진의 모습을 가리켰다. 그 속에서는 고급스러운 옷을 걸친 아름다운 여자가 진진을 바라보고 있었다. 진진은 가지고 있는 돈을 모두 털어 그 옷을 샀다.

*

나무들이 한꺼번에 꽃을 피우는 화살이라도 맞은 걸까. 며칠 사이에 정원은 더욱 화려해지고 싱그러워졌다. 진진은 자기도 모르게 깊이 숨을 들이마셨다 내뱉었다. 싸구려 인공향이 아닌 진짜 꽃 냄새가 코끝에 스며들었다. 길 양 옆에 심어진 나무에서는 구름 같은 하얀색 꽃무리가 진진을 내려다보고 있었다.

'지난번에도 천국 같았는데, 오늘은 더 황홀해…….'

고급 부티크에서 산 새 원피스를 입고 와서 다행이었다. 안 그랬더라면 자신은 화려한 정원을 어슬렁거리는 시궁쥐처럼 보였을 것이다.

장미궁전 앞을 지나 오른쪽으로 난 길을 따라 걸어갔다. 지난번에 갔던 곳과는 반대 방향이었다. 깔끔하게 다듬어진 길을 걸어가자 '미로의 숲'이라고 쓰여 있는 팻말이 보였다. 어린아이 키만 한 사철나무를 구불구불하게 심어 미로처럼 만들어 놓은 곳이었다. 나무는 담벼락처럼 보이도록 사각으로 다듬어져 있었는데 그 모양을 만들기 위해 이파리가 가차 없이 잘린 상태였다. 커다란 자를 갖다 대고 각을 맞춘 후 철컥철컥 가위 소리를 내며 잘라낸 것 같았다.

미로의 숲 중앙에는 하얀색 지붕의 퍼걸러*가 우아한 백조처럼 자리 잡고 있었다. 그 안에는 가면생활자가 몇 사람 있었는데, 유쾌한 이야기라도 나누는지 웃음소리가 멀리까지 흘러나왔다.

진진은 미로의 숲 입구에서 발길을 돌려 다시 걷기 시작했다. 오른쪽 방향에 붉은 벽돌 건물이 보였다. 눈에 익다 했더니 홍보물에서 본 건물이었다. 고전 영화를 상영하는 극장이라고 했던가.

* 서양식 정자

홍보물에 쓰여 있던 문구가 떠올랐다.

정원에서 가장 동쪽에 있는 건물. 가면생활자를 위한 고품격 영화 공간!

초록색 담쟁이가 붉은 벽돌을 포위하듯 타고 올라갔는데 거의 3층까지 덮을 정도였다. 마침 영화가 끝났는지 한 무리의 사람들이 건물에서 나오고 있었다. 그들은 자기들끼리 떠들며 진진 앞을 스쳐 지나갔다. 그 순간 느껴지는 향이 참 좋다 생각하는데 그들 중 하나가 뒤를 돌아보았다. 무심결에 쳐다본 진진은 그 사람과 눈이 마주쳤다. 그가 진진을 알아본 듯 다가왔다.

"저, 기억하세요?"

그는 해나의 블라우스에 음료수 얼룩을 남긴 남자였다. 진진이 아무 말도 하지 않자 남자가 다시 물었다.

"정말 미안했어요. 얼룩은 지워졌나요?"

진진은 당황해서 고개를 끄덕였다. 사실 얼룩은 지워지지 않았다. 해나가 병원에 있는 약품으로 얼룩을 빼 본다며 가지고 갔다.

"다행이네요. 며칠 동안 찾았어요."

찾았다고? 진진은 자신의 귀를 의심했다. 가면생활자가 자신을 찾다니. 저도 모르게 불쑥 물었다.

"저를요?"

남자의 얼굴에 미소가 떠올랐다.

"네, 다행히 만났네요. 정원에 오신 지 얼마 안 됐죠? 처음 뵙는 분이라…….."

이렇게 말하며 그는 자신의 은빛 표식을 슬쩍 만진 후 머리를 쓸어 올렸다. 하얗고 반듯한 이마가 눈에 들어왔다. 저만치 앞서 가던 일행이 그를 불렀다.

"다빈, 뭐 해?"

"먼저 가!"

진진은 그의 이름을 머릿속에 새겼다. 다빈. 첫 번째로 알게 된 가면생활자의 이름. 남자가 다시 물었다.

"그렇죠? 정원에 처음 오신 거죠?"

"네? 네……."

진진이 머뭇거리며 대답했다. 남자가 그럴 줄 알았다는 표정을 지었다.

"그럼 아직 친구 없죠? 우선 저하고 친구 해요. 정원에 오면 친구가 있어야 즐거운 법이죠."

그러면서 남자는 진진에게 장난스럽게 윙크했다. 천연덕스러운 태도였지만 불쾌하지 않았다. 오히려 그와 친해진 것 같은 느낌이 들어 좋았다. 진진이 가만히 웃기만 하자 남자가 명랑한 말투로 말했다.

"좋아요. 먼저 식사부터 하러 갈까요? 저녁 안 먹었죠?"

뭐라고 대답할지 망설이는 사이 남자는 따라오라는 듯이 앞서 걸었다. 그는 장미궁전 쪽으로 발길을 향하며 진진에게 먹고 싶은 메뉴가 있냐고 물었다. 하지만 진진은 선뜻 대답하지 못했다. 그러자 남자가 이것저것 메뉴를 옳기 시작했다. 진진은 어디선가 들어 본 것 같은 음식을 골랐다. 그러자 그는 아주 탁월한 선택이라며 칭찬했다.

남자가 이끈 곳은 장미궁전 3층 안쪽에 있는 레스토랑이었다. 장미궁전 내부는 별명만큼이나 근사했다. 영화 속에서 봤던 화려한 샹들리에, 값비싼 원목 가구들, 벽 하나를 차지하는 커다란 그림…… 작년에 기숙사 단체 여행을 갔을 때 방문했던 박물관이 생각났다. 새롭게 단장했다는 박물관은 그 도시를 상징하는 건물이었는데 꽤나 으리으리했다. 박물관에서 일하는 머리가 하얀 학예사가 고압적인 태도로 여러 가지 주의사항을 말했다. 아이들은 모두 불청객처럼 숨을 죽이고 박물관 안을 구경했다. 그러나 장미궁전에 비하면 그곳은 딱딱하고 멋없는 시멘트 덩어리에 불과했다. 기숙사 아이들이 이곳에 온다면 다들 입을 다물지 못할 것이다.

진진은 묘한 심정이었다. 꼭 심장이 두 쪽으로 나누어진 것 같았다. 한쪽은 호기심과 기대감으로 두근거렸고 한쪽은 불편함으로 두근거렸다. 그런 진진의 마음을 아는지 모르는지 남자는 진진의 이름과 나이를 물었다. 가족이나 사는 곳까지 캐물을까 봐 걱정되었지만 더 이상 묻지 않았다. 대신 남자는 자신에 대해 이

야기했다. 이름은 다빈, 나이는 스물두 살, 대학생이며 공부보다
는 노는 걸 좋아한다고 말하며 꾸밈없이 웃었다.

그제야 진진은 남자를 환한 곳에서 자세히 볼 수 있었다. 한 올,
한 올 잘 손질된 머리카락은 방금 헤어숍에서 나온 듯했고 대충
골라 입은 것처럼 보이는 하늘색 남방과 감색 바지는 그의 수려
한 얼굴을 받쳐 주는 담백한 캔버스 같았다.

"정원에 내가 처음 온 게 언제더라? 한 1년쯤 됐나? 처음에 왔
을 때 아는 사람이 하나도 없어서 심심했어요. 사실 여기 오면 다
가면을 쓰고 있으니까 아는 사람도 모르는 사람이 되어 버려요.
그러다가 나중에 알게 되는 경우도 있어요. 아무리 들어도 목소
리가 익숙한 거죠. 그러다가 '너 누구누구 아니니?' 하고 물으면
'어? 어떻게 알았어?' 이렇게 돼요. 재밌죠?"

진진은 고개를 끄덕이며 웃었다. 그러나 속으로는 다른 생각을
했다. 천만에. 내가 아는 애들 중에 여기서 만날 애들은 없어요.
그쪽 세계라면 그럴 수 있겠지만······.

창가 자리에서 식사를 하는 일은 정말 근사했다. 창밖의 하늘
은 붉게 물들다 검푸른 바다처럼 변했고 가로등이 켜지고 조명이
빛을 내기 시작하면서 정원은 또 다른 화려한 모습으로 얼굴을
바꾸었다. 거기에 곁들여진 다빈의 미소와 정원사의 정중한 서빙
은 마치 현실에서 벗어난 환상의 장소에 와 있는 것만 같았다. 창
문이 없는 기숙사 지하 식당에서 길게 줄을 서야 식사를 할 수 있

는 진진에게는 특별한 경험이었다.

다빈은 식사를 하면서도 이런저런 이야기를 했다. 정원에서 있었던 특별한 행사, 우스꽝스러웠던 일, 자잘한 사건사고 등 무슨 의미가 있는 이야기들은 아니었지만 분위기를 어색하지 않도록 이끄는 데는 그만이었다. 그는 천진난만한 소년처럼 보이기도 하고 능숙한 바람잡이처럼 보이기도 했다. 식사를 마치자 다빈이 일어서며 말했다.

"정원에서 가장 멋진 풍경을 보여 줄게요."

장미궁전 밖으로 나가자 밤공기를 타고 더욱 진해진 꽃향기가 두 사람을 맞았다. 다빈은 정원의 북쪽으로 발길을 옮겼다. 장미궁전을 중심으로 사람들이 많이 모이는 남쪽에 비해 북쪽은 인적이 뜸했다. 그가 멈춘 곳은 자그마한 폭포가 있는 인공 연못이었다.

"난 여기 풍경이 제일 좋아요. 특히 밤에……."

다빈은 흐뭇한 표정으로 색색의 조명이 비춰 현란한 물춤을 추는 것 같은 폭포를 바라보았다. 나무에 설치된 스피커에서 흘러나오는 음악과 물소리가 어울려 합주를 하는 것처럼 들렸다. 다빈의 말대로 밤의 정취가 느껴지는 풍경이었다.

"저 뒤에 건물 보이죠?"

다빈이 폭포 너머 어두운 하늘에 서 있는 검은 형체를 가리켰다. 유난히 높고 뾰족한 지붕 때문에 마치 성처럼 보였다. 창문에 불이 하나도 들어오지 않은 걸 보니 사용하지 않는 건물 같았다.

"가면생활자들을 위한 레지던스예요. 사람들은 노을성이라고 불러요. 해질 무렵 저 건물에 노을이 비추면 정말 환상적이거든요."

"왜 레지던스가 필요하죠?"

"여기에 며칠 묵으면서 노는 거죠. 뭐 다른 이유 있겠어요?"

다빈이 가볍게 대답했다. 진진은 그런 생활이 상상은 안 되었지만 알겠다는 듯이 고개를 끄덕였다.

연못 주위에는 작고 하얀 꽃송이들이 무더기로 핀 나무가 있었다. 가로등 불빛이 꽃 무리를 비춰서 마치 구름이 뭉게뭉게 핀 것 같았다.

"꼭 구름 같아요."

진진이 꽃을 올려다보며 말했다.

"그 나무 이름이 구름나무예요."

"정말요?"

"원래 이름은 따로 있는데 구름처럼 생겨서 그렇게 부른대요."

그는 이렇게 말하며 나른한 표정을 지었다. 구름나무 아래라서 그럴까? 그의 표정이 묘하게 아름다웠다. 마치 구름 속을 휘저으며 걷다가 지친 사람 같았다. 그는 눈을 감고 가만히 있었다. 뭘 하는 걸까? 꽃향기를 음미하는 걸까? 물소리에 귀를 기울이는 걸까? 무슨 생각을 하고 있을까?

이런저런 생각이 진진의 머릿속에서 맴돌았다. 하지만 뭐 하나고 묻지는 못했다. 그렇게 이삼 분쯤 지났을 때 나무 뒤쪽에서 인기척이 들렸다. 그러고는 남자 하나가 불쑥 모습을 드러냈다. 그는 다빈과 진진이 있는 테이블로 다가왔다.

"여기 있을 줄 알았어."

그의 뒤를 이어 두 사람이 더 나타났다. 그들은 아까 다빈과 함께 있던 무리였다. 다빈이 천천히 눈을 떴다. 약간 귀찮다는 표정이었다.

"새 친구는 언제 소개해 줄 거야?"

제일 먼저 모습을 드러낸 남자가 말했다. 그는 머리카락이 어깨까지 내려오고 갸름한 턱선에 쏘아보는 듯한 눈빛을 지닌 남자였다. 조금 날카로운 인상이었지만 그 역시 눈을 뗄 수 없게 아름다웠다. 그의 귀 뒤에서도 가면생활자임을 알리는 은빛 표식이 반짝거렸다. 뒤를 따라온 두 사람 역시 머리끝에서 발끝까지 세련되었다. 한 명은 인형같이 오목조목한 얼굴에 동그란 눈이 인상적인 여자였는데, 하늘색 단발머리를 찰랑거리며 은빛 뷔스티에*와 폭이 넓은 바지를 입고 있었다. 또 한 명은 체크무늬 재킷을 입은 남자로, 진한 눈썹과 오뚝한 코가 호감을 주었다. 그들은 가볍게 인사를 한 뒤 흥미로운 장난감이라도 발견한 듯이 진진을 바라봤다.

"어? 리아랑 닮았는데?"

* 어깨끈 없이 허리까지 이어진 코르셋 형태의 상의

진진의 얼굴을 유심히 보던 체크무늬 재킷 남자가 중얼거렸다. 하늘색 단발머리 여자가 가까이 다가오더니 진진을 뚫어져라 보았다.

"어쩜, 진짜 닮았어. 신기하네!"

진진은 당황스러웠다. 지난번에 다빈이 불렀던 이름도 리아 아니었던가? 리아라는 사람과 진진이 꽤 닮은 모양이었다. 하긴 가면생활자들의 얼굴에는 어떤 공통점이 있기는 하다. 마치 그들의 먼 조상이 하나이기라도 한 것처럼. 하지만 보는 사람마다 닮았다고 하는 것은 조금 이상했다. 그들은 닮은 이유를 찾아내려는 듯 유심히 진진을 바라보았다. 가면생활자들에게 둘러싸여 있으니 온 신경이 굳어 버리는 것 같고 그들의 눈길이 자신을 한 꺼풀, 한 꺼풀 벗겨 내는 날카로운 핀셋처럼 느껴졌다. 갑자기 다빈이 의자에서 벌떡 일어났다.

"참! 빨리 들어가야 한다고 하지 않았나요? 부모님이 무척 엄하신가 봐요."

그가 엉뚱한 말을 꾸며 대며 진진을 바라보았다. 처음에는 어리둥절했지만 이내 다빈이 날카로운 핀셋 틈에서 자신을 구하려는 걸 알았다. 다빈은 진진의 마음을 훤히 읽고 있었다.

"제가 지름길로 정문까지 모셔다 드릴게요."

말이 끝나기가 무섭게 다빈은 나무 그늘 사이로 사라졌다. 진진은 남은 사람들에게 어색한 웃음을 보내며 얼른 그의 뒤를 따랐다. 그를 따라가자 순식간에 장미궁전 앞에 도착했다. 앞서가던 그가 입구에 있는 아치 모형의 설치물 앞에 멈춰 서서 진진을 불렀다.

"이거 도전해 봐요. 신입에겐 늘 행운이 따르거든요."

이렇게 말하며 그는 손가락으로 설치물을 가리켰다. 진진은 그가 가리키는 곳을 바라보았다.

포춘 카드의 주인은 누구?

아치 모형의 설치물에는 이렇게 쓰여 있고 상당히 많은 금액이 상금으로 제시되어 있었다. 모형 밑에 정원사를 본떠 만든 인형이 서 있는데, 그 인형은 두 손에 무언가를 공손히 받치고 있었다. 가까이 다가가서 보니 그것은 서명용 패드 장치였다.

"정원에서 가끔 하는 이벤트예요. 추첨해서 뽑히면 상금을 주니까 도전해 봐요."

다빈은 진진에게 패드에 달려 있는 펜을 주며 재촉했다. 진진은 그의 말대로 이름을 등록하고 서명했다.

"다빈은 안 해요?"

그러자 그는 씩 웃으며 말했다.

"전 필요 없어요."

정문 근처에 다다르자 그는 손을 흔들며 인사하고 왔던 길로 사라졌다. 진진은 그의 뒷모습을 멍하니 바라보다가 쇼윈도의 조명이 꺼지기 시작한 거리를 지나 전철역으로 향했다.

　어떻게 기숙사로 돌아왔는지 모르겠다. 방문을 열고 들어간 순간 마치 주문에 걸렸다 풀려난 것처럼 진진은 바닥에 주저앉아 버렸다. 겨우 일어나 가면을 벗고 씻은 후 침대에 눕자, 어두운 방의 허공 속에서 구름나무 한 그루가 자꾸만 어른거렸다. 그리고 나무 밑에 다빈이 웃음을 머금고 서 있었다. 그 미소는 달콤하면서도 아슬아슬했다. 진진은 눈을 감고 몽실몽실한 구름 속에 빠져드는 상상을 했다. 아주 오랜만에 느끼는 행복감이었다.

또 한 명의 베타테스터

"이렇게 하면 안 돼."

직업훈련 강사가 미간을 찡그리며 말했다. 같은 조 아이들이 기웃거리며 오타의 컴퓨터 모니터 속을 쳐다보았다. 모니터 속에는 멋진 자동차가 석양이 지는 하늘을 배경으로 해안 도로를 질주하는 모습이 담겨 있었다.

"너는 왜 하라는 대로 안 하니?"

신경질이 섞인 강사의 목소리가 오타의 머리 위에서 출렁거렸다. 수업을 시작했을 때 가이드라인을 받았다는 사실이 떠올랐다. 강사가 모니터 옆에 붙여 놓은 가이드라인 쪽지를 손가락으로 가리켰다. 손가락으로 쪽지를 툭툭 치는 모습에서 그녀가 얼마나 짜증이 났는지 알 수 있었다. 오타는 모니터 옆에 붙여 놓은 가이드라인을 다시 읽었다.

석양의 빛깔은 주홍색을 더욱 진하게, 자동차의 지붕에 빛이 부딪히도록, 도로의 색깔은…….

오타가 만든 이미지는 가이드라인이 원하는 것과는 아주 다른 모습이었다.

"이미지 삭제하고 다시 해. 이 상태로는 수정 불가야."

강사는 이렇게 말하고 다른 아이의 컴퓨터 앞으로 자리를 옮겼다. 다른 아이들의 모니터 속은 온통 주홍빛이었다. 그에 비하면 오타의 모니터는 너무 어두웠다. 보랏빛과 검푸른 색이 주조를 이루고 주홍빛은 멀리 있는 수평선 언저리에 손톱만큼 남아 있었다.

오타는 한숨을 내쉬며 이미지 삭제 버튼을 클릭했다. 순식간에 기본 이미지로 바뀌었다. 마우스를 잡고 가이드라인에 쓰여 있는 대로 작업을 다시 시작했다. 수업 시간 종료를 알리는 종소리가 울릴 때까지 몇 가지 사항만 겨우 수정한 뒤 제출 버튼을 클릭했다. 이번 평가도 기본 점수밖에 받지 못할 것 같았다.

강의실을 나서며 폰을 확인하니 메시지가 와 있었다.

저녁 8시경 지난번에 만났던 식당으로 갈게.

피그였다. 그저께, 그러니까 안티마스키드 사무실에 다녀오던 날, 오타는 사무실에서 나온 뒤 한참을 기숙사로 돌아가지 못하고 거리를 헤맸다. 분명히 기숙사로 가는 전철을 탔다고 생각했는데 엉뚱한 방향으로 가고 있었다. 전동차에서 내려 반대 방향으로 가는 차에 올라탔지만 그때도 멍하니 앉아 있다가 갈아타는 곳을 놓쳤다. 갑자기 방향을 판단하는 능력이 사라진 것 같았다. 칠판 위에서 분필을 쥐고 하나의 점을 향해 선을 긋는데 자꾸만 어긋나서 다시 그리기를 반복하는 기분이었다.

오타는 혼잡한 전철역 벤치에 한참 앉아 있었다. 그러고는 피그에게 전화를 했다. 폰 저편에서 피그의 목소리가 들리자 오타는 목구멍 속으로 숨어 버리려는 낱말을 겨우 끌어당겨 말했다.

"할게요."

목소리가 꽉 잠겨 있던 탓인지 꺼억꺼억 숨넘어가게 울던 아이가 겨우 내뱉은 것 같은 소리가 흘러나왔다.

"오타?"

피그가 조심스럽게 물었다. 무슨 말인지 못 알아들은 모양이었다. 오타는 침을 꿀꺽 삼키고 다시 말했다.

"한다고요!"

"무슨 일 있는 거 아니지? 지금 어디야?"

피그가 다급하게 물었다. 오타의 목소리가 심상치 않았던 모양이었다.

"제 말 무슨 소린지 몰라요? 그 일 한다고요!"

수화기 저편에서는 잠시 아무 말도 없었다. 오타가 다시 입을 떼려는 순간 피그의 목소리가 들렸다.

"…… 그래, 고맙다."

그리고 그는 가만히 있었다. 오타가 무슨 말을 할지 기다리는 것 같았다. 그 더듬이를 차단하듯이 오타는 전화를 끊었다. 그날 밤 통금 시간을 지키지 못했다. 처음 있는 일이었다.

'베타테스터라니.'

과연 자신이 할 수 있을까. 사무실에서 나올 때 유령의 본명을 듣지 않았더라면 더 이상 피그와 연락할 일은 없었을 것이다. 그 이름을 듣는 순간 깊은 곳에 숨어 있던 간절한 물음이 오타의 온몸을 흔들었다. 대일보이가 뭐지? 대일보이가 누구지? 가끔씩 자신의 얼굴 위에 겹쳐 떠오르는, 낯선 동시에 낯익은 그 얼굴은 뭐지? 지금 외면하면 평생 그 수수께끼를 풀 수 없을 것 같았다. 자신에게 온 편지도 자신이 그곳에 간 것도 우연이 아니라는 생각이 들었다.

차차스에 도착했을 때 피그와 도마뱀은 미리 와서 자리를 잡고 있었다. 피그가 맥주 세 잔을 주문했다. 종업원이 가져다준 시원한 맥주를 마신 후에야 오타는 하루 종일 자신의 머리에 달라붙어 있던 두통을 쫓아낼 수 있었다.

"내일 오전쯤 메시지가 갈 거야. 베타테스터로 선정되었다고."

피그가 조심스러워하는 표정으로 오타를 바라보며 덧붙였다.

"지금이라도 마음 바뀌었으면 이야기해."

"……."

오타가 아무 말도 않자 피그는 맥주잔을 비우고 말을 이었다.

"좋아. 아이마스크에 가면 연기를 해야 해."

"연기요?"

"그래, 넌 지금 베타테스터에 지원했잖아. 가면을 갖고 싶어 하는 모습을 보여 줘야지."

연기라니 난감했다. 오타는 어릴 때부터 거짓말을 하면 말을 더듬고 얼굴이 빨개졌다.

"어, 어떻게요?"

"그냥 뭐, 멋지다, 근사하다, 갖고 싶었다, 이런 감탄사 날려 주는 거지. 자연스럽게 말이야."

산 넘어 산이 아니라 까마득한 절벽이다. 베타테스터가 되고 싶은 십 대 소년의 모습을 연기할 수 있을까? 눈앞이 아득했다. 피그 역시 오타가 미덥지 않은지 걱정스러운 얼굴로 바라보았다.

"자료를 보내 줄 테니까 좀 봐 둬. 이번 일에 대한 설명서라고 보면 돼. 안티마스키드의 네 계정으로 보내 놓을게."

"제 계정요?"

오타가 되묻자 피그는 정정했다.

"아, 유령의 계정이지. 아이디랑 패스워드 잊지 않고 있지? 앞으로는 우리가 만나는 걸 조심해야 할 거야. 아이마스크는 베타테스터도 감시할 테니까."

감시? 기숙사 학생들은 '어느 정도' 감시당하는 데 익숙하긴 하지만 아이마스크의 방식은 아무래도 차원이 다를 것 같아 걱정되었다.

"그런데 어떻게 제가 당첨이 된 거죠?"

"간단해. 뒷문 몇 개만 열면 돼."

무슨 말인지 아리송했다. 이 사람, 뭐 하는 사람일까? 확실한 건 남들이 못 하는 일을 해낸다는 거였다.

"당분간 폰으로 연락하면 안 돼. 우리랑 연관이 있다는 걸 알면 베타테스터 자격이 취소될 거고 모든 것이 물거품이 되겠지. 그러니까 네게 전할 말은 안티마스키드 유령 계정에 남겨 놓을게. 매일 한 번은 확인해. 아이마스크가 아무리 대단한 조직이라도 기숙사에 있는 수백 대 컴퓨터까지 뒤지지는 않을 테니까."

피그의 말이 끝나자 도마뱀이 스크랩한 종이 몇 장을 내밀었다. '가면생활자의 가상 코디'라는 제목의 잡지 기사였다. 기사 속의 멋진 모델을 보자 더 자신이 없어졌다. 유령을 찾는 일보다 모델처럼 옷을 입는 일이 더 난감하게 느껴졌다. 오타가 슬그머니 한숨을 내쉬자 피그가 달래듯이 덧붙였다.

"쉽지 않다는 거 알아. 우리도 열심히 찾아볼게."

"가면도 없는데 어떻게 찾아요?"

오타가 퉁명스러운 말투로 묻자 피그가 어깨를 으쓱하더니 대답했다.

"나는 컴퓨터로 찾아. 우리, 이래 봬도 전문가야."

그러자 옆에 앉아 있던 도마뱀이 손가락으로 브이 자를 그려보였다. 그의 갸름하고 희멀건 얼굴이 불그스름한 조명 때문에 붉게 물들었다. 어이가 없어서 웃음이 나왔다.

차차스를 떠나기 전 도마뱀이 오타에게 커다란 쇼핑백을 내밀었다.

"정원에 가려면 가면생활자다운 옷차림이 필요할 거야."

쇼핑백에는 '가면생활자의 가상 코디' 기사의 모델이 입은 것과 비슷한 옷이 몇 벌 들어 있었다. 두 사람은 쇼핑백을 오타에게 건네고 어두운 거리 속으로 사라졌다.

피그의 말대로 다음날 오전, 메시지가 왔다.

귀하는 아이마스크 사의 신제품 베타테스터로 선정되었습니다. 다음주까지 저희 회사에 오셔서 베타테스터 등록을 마쳐 주시기 바랍니다.

메시지를 읽으면서 이상한 기분에 휩싸였다. 유령이 만든 비밀 지도에 한 발짝 내디딘 것 같은 느낌? 그 지도는 늪과 같아서 결코 빠져나올 수 없을 것만 같았다. 책상 서랍을 열고 대일보이를 꺼냈다. 아주 오랜만에 그에게 인사했다.

"안녕?"

낡은 나무 인형이 색이 바래고 지워진 눈으로 오타를 바라보았다. 대일과 대일보이. 둘 사이에는 어떤 연관이 있는 걸까? 이 인형은 어쩌다가 그의 이름을 갖게 된 걸까?

"넌 알고 있니?"

손바닥 위에 누워 있는 나무 인형은 지워진 입을 꼭 다물고 아무 말도 하지 않았다. 오타는 인형을 감싸 쥐고 중얼거렸다.

"어떻게 나한테 형이 있는 거지?"

창밖 어디에선가 아이들의 웃음소리가 들려왔다. 늘 듣는 익숙한 소리가 오늘따라 낯설게 느껴졌다. 오타는 다시 중얼거렸다.

"왜 나는 여기 있는 거지?"

아무도 대답해 주지 않았다. 유령을 만난다면 그가 대답해 줄까? 오타는 인형을 책상 서랍에 넣었다.

*

"긴장되십니까?"

오타가 잔뜩 굳은 얼굴로 병원 검사실처럼 생긴 방에 놓인 등받이 의자에 앉자, 가면을 쓴 남자가 오타를 내려다보며 물었다.

"아, 아니요."

오타는 태연한 척하고 싶었지만 마음대로 되지 않았다.

"긴장하신 것 같아서……. 잠시 이대로 계시기만 하면 됩니다."

남자가 상냥한 태도로 살짝 눈웃음을 지어 보였다. 그의 땀구멍도 보이지 않는 깨끗한 피부와 짙은 쌍꺼풀이 징그럽게 느껴졌다. 오는 길에 봤던 조각처럼 아름다운 여자의 모습이 떠올랐다. 독특한 향수 냄새를 풍기던 그녀의 귀 뒤에서도 은빛 표식이 빛나고 있었다. 오타의 얼굴도 그렇게 변하는 걸까?

잠시 후 천장에서 어른 주먹만 한 크기의 장치가 위이이잉 하는 소리를 내며 내려왔다. 오타는 어깨를 바짝 웅크리고 입술을 꽉 다문 채 기계가 얼굴을 구석구석 핥듯이 탐색하는 것을 견뎠다.

몇 가지 절차를 더 거친 후에야 남자는 오타에게 가면을 내밀었다. 피그가 주문한 대로 기쁨과 감동이 넘치는 표정을 지으려고 했으나 잘되지 않았다. 남자는 여전히 상냥한 얼굴로 착용해 보라고 권했다. 그의 도움으로 가면을 얼굴에 갖다 댄 순간 오타는 온몸에 소름이 돋았다. 낯선 무언가가 오타의 얼굴에 달라붙으면서 녹아내리듯 스며들었기 때문이다. 잠시 후 거울에 비친 자신의 모습을 보고는 입을 다물지 못했다.

"아주 훌륭하십니다."

남자는 흐뭇한 눈빛으로 오타와 거울 속의 얼굴을 번갈아 바라보며 말했다. 거울 속에서 낯선 얼굴이 오타를 바라보고 있었다. 짙은 눈썹, 크고 깊은 눈, 시원하게 뻗은 코, 반짝이는 피부결……. 아아, 저절로 탄식이 터졌다. 그 순간만큼은 연기가 필요 없었다. 오타는 말을 잃고 거울을 들여다보았다.

남자는 가면을 꺼내고 얼굴에 부착하는 요령, 케이스에 보관하는 방법 등을 알려줬고 오타는 조심스럽게 연습했다.

다음 날은 주말이라 수업이 없었지만 직업 훈련 중간 보고서를 작성해야 해서 아침부터 바빴다. 보고서를 제출하느라 오전을 다 보내고 오후가 되어서야 정원으로 출발했다. 피그와 도마뱀이 사온 말끔한 셔츠와 바지를 입고 가면을 착용한 채 다른 사람들의 눈에 띄지 않도록 주의하면서 기숙사를 나섰다.

정원에 도착했을 때 처음 눈에 띈 것은 녹색 제복을 입은 사람들이었다.

'이 사람들이 정원사?'

피그가 보내 준 자료 사진으로 볼 때는 우스꽝스러웠는데 실제로 보니 그들은 매우 공손하고 점잖은 사람들이었다. 오타는 자신을 향해 목례하는 정원사들 앞을 엉거주춤한 자세로 지나갔다.

오타님, 신분이 인증되었습니다. 가면생활자의 정원에 오신 걸 환영합니다.

금빛 칠로 요란하게 장식된 정문을 통과하는데 어디선가 환영 멘트가 날아왔다. 기계음인 걸 보니 어딘가에 센서가 있는 모양이었다. 정원 안쪽에 있던 정원사 한 명이 오타에게 다가오더니 공손하게 물었다.

"안내가 필요하십니까?"

오타가 엉겁결에 고개를 젓자 정원사는 오타에게 책자를 건네주고 물러났다. 책자에는 '처음 이용하시는 분들을 위한 안내서'라고 쓰여 있었다. 그들은 오타가 이곳에 처음 왔다는 걸 알고 있었다. 감시당하고 있다는 사실이 피부에 와 닿았다. 오타는 책자를 겨드랑이에 끼고 정원 안으로 발걸음을 옮겼다.

"와……."

정원에 들어선 오타의 입에서 탄성이 흘러나왔다. 그곳의 풍경은 상상보다 훨씬 아름다웠다. 아름다운 나무들, 가지마다 소담스럽게 피어난 꽃들, 그림 같은 건물들, 그리고 그 사이를 거니는 아름다운 가면생활자들. 오타는 자신이 왜 이곳에 왔는지를 잊을 정도로 정원의 경치에 푹 빠졌다. 그러다가 발걸음이 멈춘 곳은 붉은 색 장미가 피어 있는 뜰 부근이었다. 뜰 앞에는 제법 규모가 큰 하얀색 석조 건물이 있고 뜰 가운데 설치된 소규모 무대에서는 밴드가 라이브 음악을 연주하고 있었다. 사람들이 모여 있는 것을 보니 무슨 행사가 벌어진 것 같았다.

갑자기 음악이 멈추더니 챙이 유난히 넓은 페도라를 쓴 정원사가 무대 위로 올라갔다. 무대를 둘러싼 테이블에 앉아 있던 가면생활자들이 흥미로운 표정으로 그를 주목했다.

"친애하는 가면생활자 여러분, 행복한 시간 보내고 계십니까?

지난 한 주 동안 많은 분들이 5월의 포춘 카드 이벤트에 참여해주셨습니다. 정말 감사드립니다."

남자는 무대 주변을 쓰윽 둘러보면서 말했다. 그의 눈은 페도라의 챙 그늘에 가려 보이지 않았다.

"자, 바로 행운의 주인공을 공개하겠습니다. 포춘 카드를 받으실 분은⋯⋯."

무대 위에 있던 밴드의 드러머가 '두두두두두' 하고 드럼을 두드렸다. 그러자 정원사가 누군가의 이름을 불렀다. 드럼 소리에 묻혀 오타가 있는 곳에서는 이름이 잘 들리지 않았다. 무대 근처에 있던 사람들이 박수를 치며 환호했다. 정원사는 몇 차례 이름을 다시 불렀고 잠시 후에 앳돼 보이는 여자가 무대 위로 올라갔다. 그녀 역시 가면을 착용하고 있었는데 갑작스러운 호명에 당황했는지 몹시 허둥댔다.

"누구지? 처음 보는 얼굴인데?"

불쑥 여자의 목소리가 들렸다. 오타 옆에 있는 나무의 반대편에서 들려오는 소리였다. 그곳의 벤치에 누군가 앉아 있었다. 나무 둘레가 제법 되어서 그들은 오타가 보이지 않는 모양이었다.

"베타테스터인가 보군."

이번엔 남자 목소리가 들렸다.

"정말? 어떻게 알아?"

여자가 놀랍다는 듯이 목소리를 높였다.

"아는 사람만 아는 비밀이지. 베타테스터는 상금을 받을 가능성이 높아. 그들은 상금이 필요하거든. 우리한테는 별거 아닌 금액이지만 그들에겐 엄청난 돈이지. 저 애, 가면생활자처럼 꾸미려고 애를 썼지만 뭔가 부자연스럽지 않아? 우리같이 정원에 오래다닌 사람들은 한눈에 알아보지."

"조작한다는 말이야?"

"조작이 아니라 일종의 배려지. 베타테스터는 대개 기숙사에 있는 가난한 애들이야. 여기 오려면 가랑이가 찢어진다구."

"난 별로 차이를 모르겠는데?"

"아무나 알아보는 게 아니라니까. 흐흐……."

오타는 정신이 번쩍 들었다. 거리가 있었지만 무대 위의 여자가 잔뜩 얼어 있다는 것을 알 수 있었다. 아름다운 정원이 갑자기 차갑고 끔찍하게 느껴졌다. 오타는 벤치에 앉은 남녀가 자신을 발견하지 못하도록 살금살금 뒷걸음질해서 그곳을 빠져나갔다.

포춘 카드

처음에는 자신의 이름인지 몰랐다. 장미궁전 앞뜰이 진진을 부르는 소리로 몇 차례나 쩌렁쩌렁 울린 다음에야 알아챘다. 옆에 있던 다빈이 빨리 무대 위로 올라가라고 재촉했다.

"진진 님, 포춘 카드에 당첨되셨어요! 여러분, 행운의 주인공에게 박수 부탁드립니다!"

햇살이 강하게 내려쬐는 토요일 오후, 장미궁전 앞뜰은 다른 때보다 붐볐다. 그들의 시선이 자신에게 집중된다 생각하니 눈앞이 아찔했다. 정원사가 금빛 봉투를 높이 쳐들고 진진이 무대 위로 올라오기를 기다리고 있었다. 잔뜩 주눅이 들어 계단을 올라가는데 뜰에 피어 있는 빨간 장미만큼이나 얼굴이 달아오르고 다리가 떨렸다.

정원사가 봉투를 건네주며 축하한다고 말했다. 무대 아래에서 사람들이 박수를 쳤다. 하지만 진진은 그들의 시선과 환호가 왠지 자신을 찌르는 것처럼 불편하게 느껴졌다.

"그거 봐. 하길 잘했지?"

무대 아래로 내려오자 다빈이 흐뭇한 표정으로 말했다. 진진은 어색하게 웃었다. 잠시 불편했지만 어쨌든 진진의 손에는 상금이 쥐어졌다. 사실 돈이 절실히 필요했다. 봉투를 열어 카드에 쓰여 있는 금액을 확인하고 깜짝 놀랐다. 생각보다 훨씬 많은 액수였다. 응모할 때는 큰 기대를 하지 않았기 때문에 금액을 머릿속에 새겨 두지 않았다. 기숙사에서도 자잘한 이벤트가 있지만 진진은 별로 운이 따르지 않는 편이었다. 그래서 자신은 운이 없는 아이라고 생각했다. 베타테스터가 된 것만으로도 엄청난 행운이라고 생각했는데 이렇게 큰돈을 쥐게 되다니 실감이 나지 않았다.

다빈에게 새삼 고마운 마음이 들었다. 그는 만날수록 완벽한 사람이었다. 지적인 말솜씨, 세련된 매너, 화려하지 않지만 돋보이는 옷차림……. 어느 하나 부족한 것이 없었다. 오늘 같이 불쾌지수가 높은 날에도 그는 방금 샘물에서 건져 낸 조약돌처럼 반짝거렸다. 알고 보니 다빈은 정원 안에서도 살짝 베일에 싸인 인물이었다. 다른 친구들에게 듣기로는 그의 집안은 상당한 재력가라고 했다. 가면생활자들의 집안이야 다들 어마어마하겠지만, 그중에도 위아래가 있는 모양이었다. 다빈은 겸손해서 그런 걸 잘

떠벌리지 않는다고 했다. 그런 사람이 자신에게 늘 친절히 대해 주고 곁에서 실수를 덮어 주는 것이 신기했다.

'나를 좋아하는 걸까? 아니, 그럴 리 없어. 혹시 리아라는 사람과 닮아서? 그녀가 보고 싶어서 나와 가깝게 지내는 걸까?'

웬일인지 다빈을 통해 알게 된 가면생활자들은 진진이 리아와 닮았다고 입을 모았다. 이런 생각이 마음을 파고들면 갑자기 명치끝이 아릿해지면서 눈앞이 아득했다.

"와, 좋겠다! 나는 일곱 번인가 응모했는데 한 번도 안 됐어."

하늘색 단발머리를 찰랑찰랑 흔들며 미오가 부럽다는 표정을 지었다. 미오는 차갑고 도도한 인상의 소유자였지만 실제로 대화를 나누어 보면 친절하고 귀여운 친구였다. 가끔 엉뚱한 행동을 해서 사람들을 당황하게 했지만 웃으면서 넘길 수 있는 정도였다. 자주 함께 어울리는 은우와 지호도 진진을 향해 엄지손가락을 치켜올리며 축하해 주었다. 그들 모두 스물 안팎으로 정원에서는 어린 축에 속했다. 정원에 모이는 가면생활자는 나이가 많아 봐야 서른 남짓이었다. 가면생활자들 중에서도 나이가 어린 사람들이 주로 모이는 셈이다. 중년의 가면생활자들은 규모가 작고 폐쇄적인 사교 스타일을 선호하는 모양이었다.

세 사람은 진진에게 별다른 관심이 없었다. 그들이 진진과 어울리게 된 것은 오로지 다빈 때문이었다. 진진은 그들과 함께 있을 때는 말을 아꼈다. 사실 끼어들 수도 없다. 같은 언어를 사용하는데도 그들이 하는 말은 그들이 사는 세상만큼이나 어려웠다.

상금으로 할 수 있는 일들이 하나씩 떠오르면서 진진은 행복해졌다. 해나에게 새 구두를 사 주고, 하늘하늘한 여름 원피스를 사고, 미오가 신은 것과 비슷한 샌들을 사고……. 해나는 며칠 전부터 진진을 볼 때마다 퉁퉁거렸다. 구두 때문에 그런 것 같았다. 며칠 전 늦은 밤, 해나의 구두를 신고 기숙사로 들어오는 모습을 해나에게 들켰다. 진진이 미안하다고 사과했지만 해나는 화난 얼굴로 입을 죽 내밀었다. 그러고는 다음 날까지 말을 안 했다.

사실은 해나의 옷장을 뒤진 것도 모자라 선배들의 옷장까지 손을 대기 시작했다. 오늘 입고 나온 것도 선배의 옷장 속에 있던 보라색 실크 블라우스와 검은색 치마였다. 하지만 날씨와 어울리는 코디가 아니었다. 햇살이 따가운 토요일 오후에는 환하고 시원한 색감의 옷을 입었어야 했다.

진진이 행운의 주인공이 된 것을 축하하며 다섯 사람은 건배를 했다. 기분 좋게 잔을 비웠지만 갑자기 더워진 날씨 때문에 모두들 금세 지쳤다. 은우와 미오는 햇빛을 피해 영화관으로 들어갔고 지호는 약속이 있다며 가 버렸다. 다빈과 진진만 남자 둘은 약속이나 한 듯이 폭포가 있는 연못으로 걸음을 옮겼다.

후텁지근한 날씨 탓인지 연못 주변의 나무들마저 지친 것처럼 보였고 폭포에서 떨어지는 물방울도 생기가 없어 보였다. 다빈은 나무 그늘 아래 의자에 앉아 폭포를 바라보다가 살며시 눈을 감왔다. 그는 자주 그런 모습으로 앉아 있었다. 잠깐 쉬는 것 같기도 하고 무언가 생각하는 것 같기도 했다. 진진은 가만히 그 모습을 지켜봤다.

'뭘 생각하는 걸까?'

진진은 하늘로 시선을 옮겼다가 폭포 너머로 보이는 레지던스의 지붕 끝을 바라보았다. 노을성이라는 멋진 이름으로 불리는 건물이지만 지금은 따가운 햇살을 힘겹게 견디는 콘크리트 덩어리로 보였다. 그러다가 문득 이상한 느낌이 들어 다빈을 쳐다보았다가 깜짝 놀랐다. 그의 얼굴이 고통스럽게 일그러져 있었기 때문이다. 그것은 날카로운 칼끝에 찔린 표정 같기도 하고 몸속 깊은 곳에 극심한 통증을 느끼는 표정 같기도 했다. 가면을 쓴 얼굴이 저토록 무섭게 일그러지다니 믿어지지가 않았다.

"어디 안 좋아?"

진진이 다급하게 물었다. 그러자 다빈이 얼굴 근육을 한 줄기, 한 줄기 펴듯이 안간힘을 쓰며 눈을 떴다. 그의 미간에는 방금 스쳐 간 고통의 그림자가 남아 있었다. 그는 진진을 외면하며 폭포 쪽으로 시선을 돌렸다.

"왜 그래? 어디 아파?"

다시 묻자 그가 창백한 얼굴로 말했다.

"아프긴……

그는 관자놀이에 손가락을 짚어 몇 번 눌렀다. 그의 손놀림 때문에 귀 뒤에서 은빛 표식이 흔들렸다. 관자놀이에서 손가락을 떼면서 그는 불쑥 내뱉었다.

"그런데 왜 닮은 걸까?"

다빈은 진진이 리아와 닮은 것에 대해 이야기를 하고 있었다.

"분명 이유가 있을 거야."

그는 이렇게 덧붙이며 의자에서 일어났다.

"오늘 불쾌지수가 상당히 높은데? 컨디션이 안 좋아서 가 봐야 할 것 같아."

다빈이 눈썹을 찌푸리며 말하는 바람에 진진도 괜히 기분이 상했다.

"아, 나도 돌아가려던 참이야. 날씨가 정말 짜증나게 하네."

"차 타는 데까지 데려다줄까?"

다빈이 평소처럼 부드러운 미소를 지으며 물었다.

"아니, 난 근처에서 살 게 있어서."

"아, 포춘 카드!"

다빈이 거품 같은 미소를 터뜨리며 말했다. 그러고는 손을 흔들며 나무 사이로 사라졌다. 진진은 그의 뒷모습을 바라보며 속으로 중얼거렸다. 정말 알 수 없는 사람이야. 그러다가 자신이 틀렸다는 것을 깨달았다. 그것은 다빈의 문제가 아니라 자신의 문제일 것이다. 진진은 가면생활자에 대해 절대 알 수 없는 처지인 것이다.

금빛 봉투를 열어 카드를 꺼냈다. 포춘 카드라……. 행운은 길게 머물지 않는다. 절대로 믿을 수 없는 녀석이다. 그렇기 때문에 녀석이 사라지기 전에 빨리 소비해야 한다. 진진은 서둘러 걷기 시작했다.

정원 근처에 있는 구두 가게에 들어갔더니 점원이 함박웃음을 지으며 다가왔다. 진진은 해나를 위해 검은색 스트랩 슈즈를 사고 자신이 신을 샌들을 골랐다. 그러고는 전철을 향해 걸음을 옮겼다. 이것저것 사고 싶은 것이 많았지만 지금은 빨리 해나에게 선물을 안기고 싶었다.

전동차에는 사람이 많지 않았다. 얼마간의 시선을 의식하며 서 있는데 이상한 느낌이 들기 시작했다. 어떤 사람이 자신을 계속 쳐다보고 있었기 때문이다. 처음에는 자신이 가면을 쓰고 있어서 호기심에 그럴 거라고 생각했다. 하지만 단순한 호기심이라 하기에는 그 눈길이 집요했다. 슬쩍 짜증이 난 진진은 그 사람을 쳐다봤다. 놀랍게도 그 역시 가면생활자였다. 진진이 쳐다보자 고개를 돌렸는데 그때 그의 귀 뒤에 솟아 있는 은빛 표식이 눈에 띄었다. 전철에서 가면생활자를 만나는 일은 거의 없었다. 정원 앞 도로에는 귀가하는 가면생활자를 태워 갈 고급 자동차들이 항상 길게 늘어서 있었다.

진진은 기분이 이상했지만 그 역시 전철에서 가면생활자를 발견한 것이 신기해서 쳐다보는 것이라고 생각했다. 아니 그렇게 생각하고 싶었다. 그러나 전철에서 내려 발걸음을 옮기는 순간 발목에서부터 종아리와 허벅지로 소름이 쫙 올라왔다. 남자가 뒤따라 내렸기 때문이다.

심장이 미친 듯이 뛰었지만 차분하게 걸으려고 애썼다. 거리는 더위가 한풀 꺾이며 어스름이 슬금슬금 찾아오는 중이었다. 남자는 적당한 간격을 유지하며 따라왔다. 하지만 뒤를 돌아 그가 어디쯤 오는지 확인할 수는 없었다. 그러다가 남자와 눈이 마주치기라도 하면……. 생각만 해도 몸서리가 쳐졌다. 그런데 왜 자신을 따라오는 걸까?

'혹시? 상금을 노리고?'

어쩌면 진진이 포춘 카드의 주인공이 된 것을 목격하고 그때부터 진진을 노렸을지도 모른다. 가면생활자 중에는 헤픈 씀씀이 때문에 돈에 쪼들리는 사람도 있을 수 있으니까. 진진은 가방에 손을 넣어 지갑 속에 들어 있는 포춘 카드를 확인했다. 진진은 절대 이 카드를 내줄 수 없다. 아직 사야 할 물건이 기숙사 뒤뜰에 널려 있는 빨래만큼이나 많기 때문이다.

진진은 남자를 따돌리기 위해 더 빨리 걸었다. 그러다가 어쩌면 아이마스크에서 보낸 사람일지도 모른다는 생각이 들었다. 베타테스터 서명을 할 때 여러 조건에 동의했다. 제품의 성능을 테스트하기 위해 관찰을 허용한다는 항목도 있었던 것 같다. 그렇다면 저 남자는 진진을 관찰 중인지도 모른다. 하지만 왜 정원이 아닌 이곳에서?

발가락과 발꿈치가 못 견디겠다는 신호를 보낼 무렵, 진진은 기숙사 근처에 도착했다. 마침 기숙사에서 한 블록 떨어진 곳에 있는 쇼핑센터 1층 앞이 시끄럽고 혼잡했다. 새로 문을 연 가게가 대대적으로 홍보를 하는 모양이었다. 진진은 그 틈을 타 재빨리 사람들 사이로 섞여 들었다. 그리고 건물 입구로 들어가 뒷문으로 빠져나왔다. 평소에 자주 가는 곳이라 건물 구조를 잘 알고 있었다. 그제야 남자는 보이지 않았다. 진진은 참고 있던 숨을 한꺼번에 뱉어 냈다.

'누굴까? 왜 나를 미행한 걸까?'

걸음은 늦추었지만 불안함은 사라지지 않았다. 기숙사에 도착한 후 진진은 급히 방으로 뛰어 들어갔다. 가면을 벗어서 케이스에 넣는데 해나가 방에 들어왔다. 진진은 초조함을 감추고 환한 표정을 지으려고 애쓰며 말했다.

"오늘 진짜 엄청난 일이 있었어."

그러나 해나는 아무 대꾸도 하지 않았다. 진진을 바라보는 그녀의 얼굴은 딱딱하게 굳어 있었다. 짐작했던 것보다 훨씬 화가 난 모양이었다.

"화났어? 미안, 미안. 그런데 진짜 엄청난 일이 있었어. 정말 신나는 일! 그래서 네 구두도……."

해나는 더 이상 못 참겠다는 듯이 소리를 질렀다.

"이제 그만해! 네가 그런다고 그 사람들처럼 될 수 있어? 그래 봤자 너는 진짜 가면생활자가 될 수 없어. 초라한 네이키드일 뿐 이야. 결국 너만 상처받을 뿐이라고!"

해나가 가시 돋친 말을 퍼부었다. 진진은 아무 대꾸도 하지 않 고 해나의 구두를 벗어 신발 상자에 넣었다. 그리고 자신이 사 온 구두를 해나 앞에 내놓으며 굳은 표정으로 말했다.

"네 거 신어서 미안해. 새 구두 사 왔어."

해나가 금방이라도 허물어질 것 같은 표정으로 진진을 바라보 았다. 진진은 입을 꾹 다문 채 방에서 나왔다.

*

"어머, 이 도시에서 가장 아름다운 분이세요!"

진진이 피팅룸에서 나와 거울 앞에 서자 점원이 칭찬을 연발했 다. 정원에 가 보지 않았으니 그런 말을 하겠지만 듣기 싫지 않았 다. 화려한 꽃무늬가 있는 실크 원피스는 가면을 쓴 얼굴과 잘 어 울렸다. 어제는 머리도 새로 했다. 정원 근처에 있는 최고급 헤어 숍에 가서 정원에서 본 어떤 여자의 헤어스타일을 주문했더니 얼 추 비슷하게 만들어 줬다.

부티크에서 나온 진진은 양손에 쇼핑백을 들고 정원으로 향했 다. 오늘만큼 정원에 가는 발걸음이 신났던 적은 없다. 옷을 빌려 입은 것도 아니고 구두를 빌려 신은 것도 아닌 데다 머리는 최신 유행에 맞춰 손질되어 있다. 그리고 정원에서는 아름다운 풍경과 맛있는 음식과 친절한 친구들이 기다리고 있다.

해나와는 지난번에 틀어진 이후로 한 마디도 하지 않았다. 해나가 몇 번씩 울 것 같은 표정으로 진진을 바라보았지만 진진은 쳐다보지 않았다. 이제 해나와는 말이 통하지 않는다. 그 애 얼굴을 떠올리면 답답하고 구질구질한 느낌이 목구멍까지 차올라 왔다.

'초라한 네이키드!'

해나가 했던 말이 귀 끝에서 떨어지지 않고 자꾸 울렸다. 진진은 죽을 때까지 그 말을 잊을 수 없을 것 같다. 아니 절대로 해나를 용서할 수 없을 것 같다.

대여섯 개의 쇼핑백을 물품보관실에 있는 정원사에게 내밀었더니 그가 고개를 까딱하며 가벼운 미소를 지었다. 이제는 정원사들의 서비스에도 익숙해졌다. 그들은 진진이 불편하지 않도록 어디서든 튀어나와 받들어 주었다.

다빈은 변함없이 다정하게 진진을 챙겨 주었다. 하지만 가끔 그가 걱정되었다. 연못에서 고통스러운 표정을 지었던 날 이후로 그에게 뭔가 비밀이 있다는 생각을 품게 되었다. 극심한 통증을 부르는 병을 숨기고 있는지 아니면 순식간에 지옥으로 떨어지는 강렬한 슬픔을 지니고 있는지……. 가끔 어둡고 슬픈 표정으로 먼 하늘을 보고 있다든가 금방 스쳐간 듯 고통의 흔적이 남아 있는 얼굴을 볼 때는 그런 생각이 더 강렬하게 들었다. 하지만 아무것도 묻지 않았다. 가면생활자라도 트라우마나 상처는 있을 테니까.

어떤 때는 다빈이 두렵기도 했다. 가끔 그는 진진이 기숙사에서 온 아이라는 사실을 아는 것 같았다. 어떤 화제에 대해 이야기하다 보면 아무리 조심한다 해도 가끔 실수할 때가 있다. 그것은 실수라기보다는 다른 영토에 살기 때문에 생기는 무지에서 생기는 구멍이었다. '왜 저런 말을 하지?' 하는 표정으로 진진을 바라보는 친구들을 향해 다빈은 색다른 해석을 덧붙여 진진이 구멍을 건너갈 수 있도록 배려했다. 결코 다빈은 진진에 대해 속속들이 묻지 않았다. 친구라면 당연히 알아야 할 것들도 묻지 않았다. 오히려 조금이라도 허점이 보일라치면 그가 먼저 선수를 치며 허점을 가렸다. 문득문득 진진은 자신이 베타테스터라고 고백하고 싶었다. 하지만 다빈의 얼굴을 바라보고 있으면 그런 말이 나오지 않았다.

진진은 가능하면 말을 적게 했다. 그래서 가면생활자 친구들 사이에선 말 없고 수줍음을 많이 타는 사람으로 통했다. 실제 진진의 성격과는 정반대였지만 그러지 않으면 정체가 들통 날 것이 뻔했다. 되도록 다른 사람들의 이야기를 많이 듣고 많이 웃는 걸로 상황을 넘겼다. 본능적으로 그렇게 해야 한다고 느꼈다.

장미궁전 앞뜰을 지나 친구들이 있을 만한 곳을 찾아다녔다. 오늘은 가장 멋지게 차려입은 날이니만큼 자신의 모습을 보여 주고 싶었다. 연못을 거쳐 영화관을 둘러보다가 미로의 숲 안에 있는 퍼걸러에 눈길이 멈췄다. 친구들이 그곳에 모여 있었다. 다빈과 미오, 지호, 은우, 그리고 낯선 사람이 하나 더 있었다. 누구지? 진진은 서둘러 미로 숲의 꾸불꾸불한 길을 지나 퍼걸러로 다가갔다.

"진진!"

다빈이 먼저 진진을 발견하고 불렀다. 그러자 나머지 네 사람의 눈길이 진진에게 꽂혔다. 그런데 이상했다. 모두들 당황한 얼굴이었다. 낯선 사람도 진진을 바라보았다. 아니, 그녀는 낯설지 않았다. 이상할 정도로 익숙한 얼굴이었다. 체형이나 옷차림, 머리 스타일은 달랐지만 얼굴은…….

"와우, 정말 닮았어!"

지호가 두 사람을 번갈아 보면서 소리쳤다. 미오와 은우 역시 입을 다물지 못했다. 다빈은 세상에서 가장 까다로운 퍼즐을 만난 것 같은 얼굴이었다.

"정, 정말 똑같다. 꼭 쌍둥이 같아…….."

그가 믿기 어렵다는 표정으로 중얼거렸다. 그제야 진진은 낯선 여자가 누구인지 알았다. 리아……. 모두가 진진을 보자마자 말했던 이름, 그녀가 돌아왔다.

유령을 찾아서

"오타, 그게 뭐야?"

침대에 누워 있던 룸메이트가 눈을 가늘게 뜨고 물었다. 오타가 방문을 열고 들어오는 소리에 선잠이 깬 것 같았다.

"아, 이거? 새로 산 가방이야."

오타는 생각나는 대로 아무렇게나 둘러대며 가면 케이스를 얼른 자신의 캐비닛 속으로 밀어 넣었다. 다행히 가면은 들어오기 전에 샤워실에 들러서 케이스에 넣은 상태였다. 룸메이트가 다시 잠들기를 바라며 속으로 외쳤다. 제발 자라, 제발! 하지만 룸메이트는 더욱 또렷해진 목소리로 말했다.

"근데 어딜 갔다 이렇게 늦게 온 거야?"

"이것저것 구경 좀 하느라……."

기숙사에 돌아와 보니 방에는 이 녀석만 있었다. 나머지 둘은 아직도 기숙사 어디선가 직업 훈련 때문에 쌓인 스트레스를 푸는 모양이었다.

"그 옷도 산 거니?"

오타가 그렇다고 하자 그는 게슴츠레 바라보며 덧붙였다.

"너, 요즘 달라진 것 같다. 맨날 방에 들러붙어 있던 애가 뻔질나게 돌아다니고……. 그러고 보니 옷도 근사하게 차려입었네. 혹시 여자 친구 생긴 거 아냐?"

오타는 풋, 하고 웃는 걸로 대답을 대신했다. 기숙사 9학년 아이들 모두에게 여자 친구가 생겨도 자신에게는 그런 일이 없을 것이다. 장담할 수 있다. 오타가 일부러 천천히 옷을 갈아입는 동안 룸메이트는 다시 잠에 빠져들었다.

어찌나 피곤한지 사흘째 잠복근무를 하다가 겨우 휴가를 얻은 기분이었다. 처음에는 정원의 풍경에 취해 잠시 그곳에 간 목적을 잊었다. 하지만 장미궁전 앞에서 가면생활자들이 나누는 대화를 듣는 순간 정신이 번쩍 들었다. 그곳은 오타가 있을 곳이 아니었다. 빨리 유령을 찾아 벗어나야 하는 곳이었다.

오타는 장미궁전 앞뜰에서 빠져나온 후 산책하는 척하면서 여기저기 살펴보았다. 정원은 규모가 테마파크 정도는 되겠다 싶을 정도로 넓었다. 곳곳에 CCTV가 설치되어 있어서 돌출 행동을 하면 바로 감시 대상이 될 것 같았다. 정원에서 일하는 정원사들은 정중하고 친절했지만 상당히 훈련받은 듯 행동이 민첩했다.

한참동안 정원을 어슬렁거렸을 때였다. 아까 무대 위에 올라갔던 여자가 정문을 향해 걸어가는 모습이 보였다. 벤치에 앉아 있던 가면생활자들이 베타테스터라고 장담했던 여자……. 어쩌면 오타가 정원에서 만날 수 있는 유일한 베타테스터일지도 모른다. 그녀는 왜 베타테스터가 되었을까? 자신처럼 어떤 사연이 있을까?

오타는 자기도 모르게 그녀의 뒤를 쫓아갔다. 여자는 도시의 남쪽으로 향하는 급행 전철에 올라탔다. 한참을 달린 끝에 남쪽의 변두리 지역에서 내렸다. 그곳에 도착한 오타는 벤치에 앉아 있던 가면생활자들이 한 말이 맞았다는 것을 확인했다. 그곳은 도시의 하층민들이 밀집하여 사는 곳이었다.

여자는 무척 서두르고 있었다. 오타는 거의 뛰다시피 쫓아갔지만 혼잡한 상가 앞에서 여자를 놓치고 말았다.

'어느 쪽으로 간 거지?'

그녀가 사라진 길 주변을 서성이다가 상가 뒤편에 들어섰을 때였다. 오타는 자신도 모르게 그 자리에 멈췄다. 길 하나를 두고 커다란 회색빛 건물들이 성냥갑처럼 서 있는 것이 보였다. 그 앞에 세워진 표지판에는 이렇게 쓰여 있었다.

환영합니다.
학대와 굶주림이 없는 시설,

이곳은 73구역 청소년 기숙사입니다.

왜 그랬는지 모른다. 표지판을 보는 순간 가슴이 콱 막히면서 무릎이 툭 꺾여 버릴 것 같았다. 짐작하지 못했던 일도 아닌데, 혹시 그렇지 않을까 하고 속으로 의심하며 따라왔는데도, 눈으로 직접 확인하는 순간 정체모를 거대한 힘이 덮쳐 오는 것 같았다. 이걸 확인하기 위해 여자 뒤를 쫓은 건가. 발길을 돌려 29번 기숙사로 오는 내내 마음이 무거웠다.

기숙사에 도착해 샤워를 마친 다음 컴퓨터실로 갔다. 피곤해서 눕고 싶었지만 피그의 메시지를 꼭 확인해야 할 것 같았다. 아니나 다를까 피그가 보낸 메시지가 오타를 기다리고 있었다.

너한테 유령 대신 편지를 보낸 사람을 찾았어. 유령이 사는 맨션 1층에 사는 주인 부부야. 2주 전쯤 우편함에 편지를 보내 달라는 메모와 함께 꽂혀 있었대. 유령이 눈치챈 거지. 자신이 감시당하고 있고 집 밖에 나가는 순간 어떻게 될지 모른다는 걸……. 들키지 않고 도움을 청할 방법을 생각했을 테고…….

그랬구나. 그렇게 편지가 온 거구나. 오타는 가느다란 한숨을 내쉬었다. 유령이 느꼈던 불안감이 가슴 한 켠에 전해져 왔다. 유령은 뭘 폭로하려고 했던 걸까? 그 정도로 아이마스크에서 막으려고 했다면 엄청난 일인 것이 틀림없다. 피그는 이 일에 대해 어느 정도 파악하고 있는 걸까?

베타테스터를 수락한 후 오타는 피그에 대해 찾아보았는데, 검색을 통해 몇 가지 사실을 알아낼 수 있었다. 그는 몇 년 전 천재 화이트해커로 그쪽 분야에서 화제가 되었던 인물이었다. 도마뱀 역시 피그와 같은 일을 하는 사람이고 건지는 첨예한 사회문제를 다루는 잡지의 기자였다. 어떤 연유에서 그들이 뭉쳤는지는 모르겠지만 아주 엉터리들은 아닌 것 같아 다행이었다.

조금만 더 힘을 내 주길.

피그는 이렇게 말하며 오늘의 메시지를 끝맺었다.

유령의 마지막 흔적이 발견된 곳은 정원, 그리고 그곳에 들어갈 수 있는 사람은 오타뿐. 어쩌면 오늘 자신이 스쳐 지나간 어딘가에 유령이 갇혀 있을지도 모른다. 하지만 도대체 어떻게 찾아낸단 말인가? 아무래도 오타의 능력 밖의 일인 것 같았다.

방으로 돌아와 침대에 누웠다. 여러 가지 생각이 오타의 머릿속을 떠다녔다. 그러다가 든 생각. 유령을 만나면 그를 알아볼 수 있을까? 그를 만나면 어떻게 해야 할까? 뭐라고 말해야 할까? 이런저런 생각으로 오타는 잠을 쉽게 이루지 못했다.

*

"여기서 뭐 하십니까?"

녹색 제복 위에 하얀색 앞치마를 두른 정원사가 오타를 빤히 바라보았다. 오타는 당황했지만 침착해지려고 애썼다.

"아, 화장실을 찾고 있는데……."

오타는 짐짓 두리번거리며 찾는 척했다.

점심 식사 시간이 한참 지난 레스토랑 주방에서는 막내로 보이는 정원사가 뒷정리를 하던 중이었다. 그곳은 정원의 서쪽에 있는 레스토랑으로, 밖에서 볼 때는 크기가 꽤 커 보였다. 그러나 막상 들어와 보니 외관과 달리 손님들이 드나드는 홀은 넓지 않았다. 그래서 주방 쪽을 기웃거리던 참이었다. 의심쩍은 공간이라도 있나 싶어서였다.

앞치마를 두른 정원사는 통로에 있는 화장실 표시를 손으로 가리켰다. 어떻게 저걸 못 볼 수 있느냐는 표정이었다. 오타는 어쩔 수 없이 화장실로 들어가 억지로 볼일을 봤다.

"후……."

자기도 모르게 한숨이 튀어나왔다. 며칠째 정원을 뒤지고 다녔지만 아무런 소득이 없었다. 정원은 더없이 평화롭고 행복한 곳이었다. 사람들의 웃음소리가 끊이지 않고 한나절 내내 경쾌한 음악 소리가 나무 사이를 누비고 다녔다. 가끔 가면생활자 중에

알코올이 든 음료를 지나치게 섭취해서 문제를 일으키는 경우가 있지만 큰 사건이 되지는 않았다. 정원사들은 모든 일을 깔끔하고 신속하게 처리했다.

볼일을 마치고 화장실에서 나가자 앞치마를 입은 정원사가 기다리고 있었다. 그는 레스토랑 출입구로 오타를 안내했다. 그의 태도는 정중했지만 은연중에 이런 데서 얼쩡거리지 말라는 메시지를 보내고 있었다.

어제는 미로의 숲 근처에 있는 영화관에 갔다가 정원사들에게 이끌려 밖으로 나왔다. 그들 역시 오타에게 비슷한 표정을 지었다. 영화관이 원래 오래된 예배당 건물이었다는 이야기를 들은 후 그 건물에 뭔가 비밀이 있을지도 모른다는 생각이 들었다. 그러다가 건물 뒤쪽에서 지하로 내려가는 낡은 계단을 발견한 것이다. 오타는 그 지하실이 너무나 궁금해졌다. 계단을 내려가자 육중한 철문이 나왔다. 손으로 밀자 철문은 소리 없이 열렸다.

그곳에서 오타를 기다리고 있는 것은 오래된 영화 필름이었다. 필름 보관소였던 것이다. 지하 감옥 같은 것을 기대한 건 아니지만 예상과 너무 달랐다. 깔끔하게 정리된 필름들이 여러 개의 선반 위에 정리되어 있었다. 고전 영화를 상영하는 곳이라 그런지 상당히 오래된 필름들도 꽤 있었다. 인기척은 느껴지지 않았다. 선반 뒤쪽으로는 책상 두 개와 소파, 손님용 의자가 눈에 들어왔다. 그리고 안쪽으로 방 두 개가 있었는데 문이 닫혀 있어서 내부는 보이지 않았다. 그때 방문이 열리면서 정원사 둘이 나왔다. 그들은 오타를 보고 기겁했다. 지하실까지 내려온 가면생활자는 처음 본 모양이었다.

지하실에 왜 왔느냐고 묻기에 오타는 고전영화에 관심이 많아서 구경하러 왔다고 둘러댔다. 정원사들은 믿지 않는 표정이었다. 그들은 오타가 있기에는 지하실이 지저분하고 불편한 곳이라며 그를 데리고 나왔다. 안쪽에 있는 방들의 정체가 궁금했지만 더이상 알아볼 방법은 없었다.

오타는 점점 초조해졌다. 날이 갈수록 유령이 잘 버티고 있는지 걱정이 되었다. 이곳을 뒤져서 자그마한 단서라도 찾아야 하는데 마음처럼 쉽게 되지 않았다.

'아무래도…… 내 힘으로는 어림없는 일인 것 같아.'

처음 가면을 쓸 때는 어떻게든 되겠지 하는 마음도 있었다. 그러나 이제는 그런 마음조차 사라져 갔다. 정원 안을 기웃거리다 보면 자신이 여기서 뭘 하고 있는지 한심하다는 생각만 들었다.

서쪽으로는 이 레스토랑이 마지막 건물이다. 그 뒤로는 높은 담벼락과 플라타너스 나무 행렬 밖에 없다. 오타는 발길을 돌려 북쪽으로 향했다. 정원의 북쪽에 있는 레지던스가 눈에 들어왔다. 정원의 중심부와 워낙 떨어져 있어서 처음에는 정원 밖의 건물인 줄 알았다. 그러다 어제저녁 기숙사에서 지도를 찬찬히 본 후에야 저 건물도 정원 안에 포함된다는 것을 알았다.

레지던스로 들어가는 길목에는 출입금지 표지판이 있었다. 공사 중이라 출입을 통제한다는 설명이었다. 건물 주변으로 건축 자재와 시멘트 포대 등이 쌓여 있었다. 가면생활자나 정원사들의 왕래가 거의 없는 것처럼 보였다. 오타는 주변 눈치를 슬쩍 보고 나서 출입금지 표지판을 지나서 건물로 다가갔다. 건물 입구에 거의 다다랐을 때였다. 어디서 나타났는지 정원사가 빠른 걸음으로 오타에게 다가왔다. 모자챙에 얼굴이 가려 잘 보이지는 않았지만 그는 잔뜩 굳은 표정을 짓고 있었다.

"이곳은 출입통제 구역입니다. 공사 중이라는 표지판을 보셨을 텐데요."

정원사의 목소리는 은근히 힐책하는 투였다. 오타는 이럴 때를 대비해서 길을 잃었다는 변명을 준비하고 있었지만 그는 기다리지 않았다. 다짜고짜 오타의 팔을 잡더니 바깥쪽으로 끌었다. 정원사는 몸집이 크지 않았지만 손아귀 힘은 상당히 셌다. 오타는 정원사에게 질질 끌리다시피 해서 연못 근처까지 왔다. 주변의 벤치에 앉아 있던 가면생활자들이 '무슨 일이지?' 하는 얼굴로 오타를 바라보았다.

"그럼 오타 님, 즐거운 시간 되시기 바랍니다."

정원사는 고개를 숙여 정중히 인사하더니 빠른 걸음으로 사라졌다. 오타는 기분이 묘했다. 정원사는 오타의 이름을 알고 있었다. 그렇다면 베타테스터라는 사실도 아는 걸까? 아까 레스토랑 주방을 어슬렁거리던 것과 어제 필름 보관실에 갔던 일까지 누군가가 모두 파악하고 있을지도 모를 일이었다. 오타는 촘촘한 거미줄 위에서 일거수일투족을 감시당하는 기분이 들었다.

보이지 않는 촉수를 느끼며 길을 내려가는데 낯익은 얼굴이 눈에 들어왔다. 물론 진짜 얼굴이 아니고 가면을 쓴 얼굴이지만……. 그녀는 혼자 인공 폭포 근처를 어슬렁거리며 누군가를 찾는 것 같았다. 그러다가 오타와 눈이 마주쳤고 오타는 얼른 시선을 피했다.

기숙사 근처까지 따라간 날 이후로 오타는 정원에 갈 때마다 진진이 있는지 찾게 되었다. 가끔은 그녀의 뒤를 밟거나 멀리서 지켜보았다. 하지만 한 번도 말을 걸지는 못했다. 진진이라는 이름도 그녀가 가면생활자 친구들과 이야기할 때 엿들어서 알게 되었다. 오타는 자신이 진진과 똑같이 베타테스터임을 밝히고 뭐라도 좋으니 이야기를 나누고 싶었다. 사실 정원에서의 시간이 외롭기도 했다. 하지만 어림도 없는 일이었다. 왠지 모르게 그녀는 오타를 경계했다. 스치듯이 쳐다보는 그녀의 눈초리가 매서웠기 때문에 대화를 나누기는커녕 말 붙이기도 어려웠다.

'베타테스터라고 밝히며 말을 걸면 싫어할까?'

정원 안에서 베타테스터란 네이키드와 동의어이자 하류 족속을 뜻하는 말이니까 숨기고 싶을지도 모른다. 오타는 이번에도 말을 거는 일을 단념하고 지나가려는데 갑자기 진진이 불쑥 오타에게 다가왔다. 그녀의 아름다운 얼굴에서 불안과 두려움의 그림자가 느껴졌다. 그녀는 손에 무언가 들고 있었다. 호신용 스프레이였다. 오타는 놀라서 한걸음 물러섰다.

"왜 나를 따라다니는 거예요?"

진진이 단호하지만 떨리는 목소리로 물었다. 오타는 그 자리에 굳어 버린 양 아무 말도 할 수 없었다.

"날 감시하는 건가요?"

이어지는 물음에 오타는 겨우 고개만 가로저었다.

"그럼 정체가 뭐예요? 아이마스크에서 보낸 사람이에요?"

오타는 깜짝 놀랐다. 진진이 그런 오해를 하리라곤 상상도 못했다.

"오, 오해예요. 난 도와주고 싶었을 뿐이에요."

"도와주다니요?"

그녀의 얼굴에서는 여전히 적의가 가시지 않았다. 오타는 진진에게 모든 것을 설명하고 싶었다. 자신에 대해, 자신이 왜 이곳에 있는지에 대해, 이곳의 느낌이 어떤지에 대해.

"나, 나는 베타테스터예요. 오타라고 해요. 29구역 기숙사에서 왔어요."

오타는 최대한 진진과 자신의 공통점에 대해 이야기하며 대화를 풀어 가려 했지만 소용없었다. 진진의 얼굴이 아까보다 더 딱딱하게 굳었다.

"그게 나랑 무슨 상관이죠?"

"당신도 기, 기숙사에서⋯⋯."

오타가 입을 열기 무섭게 진진이 말을 잘랐다. 당황한 기색이 역력했다.

"다, 다신 나를 따라다니지 말아요. 경고예요."

앙칼지게 말했지만 진진의 목소리는 떨리고 있었다. 그녀는 잠시 오타를 노려보더니 오던 길을 되돌아갔다. 오타는 보이지 않는 주먹에 한 대 세게 맞은 기분이었다. 그래도 기숙사 출신이라 동질감을 느끼기를 기대했는데⋯⋯. 갑작스런 배신감에 등줄기가 서늘해졌다. 확실한 것은 진진이 오타를 벌레 보듯 싫어한다는 것이다.

온몸에서 힘이 빠져나가는 것 같았다. 고장 난 나침반처럼 발이 닿는 대로 터벅터벅 걸어가는데 하늘에서 차가운 물방울이 떨어졌다.

'비가 오려나?'

하늘을 보니 비를 잔뜩 품은 회색빛 구름이 오타를 내려다보고 있었다. 오타는 심호흡을 한 번 하고 정원 입구를 향해 걷기 시작했다.

마지막 리포팅

비가 떨어지기 시작하자 녹색 우산을 든 정원사들이 여기저기서 우르르 몰려나왔다. 짝짓기라도 하듯이 달려가 가장 가까이에 있는 가면생활자의 머리 위에 우산을 씌웠다. 미처 자신의 짝을 만나지 못한 정원사들은 허둥대며 정원 안을 뛰어다녔다.

진진의 곁에도 키가 작은 정원사 하나가 따라붙더니 우산을 씌워 주었다. 정원사가 우산을 씌워 주기 무섭게 빗방울은 더욱 거세졌다.

"어디로 가시겠습니까?"

정원사가 조심스러운 말투로 물었다.

"어, 그러니까……."

진진은 머뭇거렸다. 정원에 도착한 내내 진진은 그들을 찾고 있었다. 모두들 어디에 있는 걸까? 붉은 벽돌 영화관에도 가 보고 미로의 숲에 있는 퍼걸러도 살펴보았다. 그리고 다빈이 자주 가는 인공 연못을 지금 막 둘러보고 내려오는 길이었다. 하지만 어디에도 그들의 모습은 보이지 않았다. 이제 어디로 가야 하나? 마침 장미궁전의 지붕이 눈에 들어와서 진진은 대답 대신 그쪽을 가리켰다.

진진은 연못 근처에서 만난 남자 때문에 아직도 진정이 되지 않았다. 전철에서 진진의 뒤를 밟았던 사람이었다. 그 후에도 그는 자신의 주변을 맴돌았다. 그 사람의 행동이 조금 어리숙했기 때문에 눈에 금방 띄었다.

그는 진진을 똑바로 쳐다보며 자신이 베타테스터이며 기숙사에서 왔다고 밝혔다. 그 말이 의미하는 것을 진진은 충분히 알아챘다. 너도 기숙사에서 온 네이키드잖아, 그는 그렇게 말하고 있었다. 진진은 몸을 부르르 떨었다. 정원사가 안쓰러워하는 얼굴로 진진을 바라보았다.

"이런, 감기 걸리시겠어요. 얼른 안으로 모시겠습니다."

사실 비를 맞는 일쯤이야 아무 것도 아니다. 기숙사 아이들이 비를 맞는 일은 비 갠 후에 지렁이를 발견하는 것만큼 일상적인 일이다. 우산을 들고 기다리는 따스한 손길은 애초부터 없었으니까. 진진을 떨게 하는 것은 다른 것이었다. 오타라고 이름을 밝히며 진진을 향해 연대의식을 표하던 남자. 그는 가면을 쓰고 최신 스타일의 옷을 입었으나 피곤하고 지쳐 보였다. 무엇보다 네가 누구인지 안다는 그 눈빛……. 진진을 떨게 하는 것은 그 눈빛이었다.

리아가 나타난 이후 진진은 숨을 쉬는 것조차 힘들 정도로 불안했다. 친구들은 알게 모르게 진진을 따돌리는 것 같았다. 따돌림에 대한 촉이라면 진진도 무디지 않다. 기숙사에서는 무수한 따돌림과 소문이 하룻밤 사이에 쑥쑥 자라났다가 사라진다. 솔직히 다들 진진을 따돌려도 상관없다. 하지만 다빈만은 안 된다. 그것만큼은 견딜 수 없다. 지금 그들을 찾아다니는 것도 다빈 때문이다. 낯선 감정이 가슴 속에서 날카롭게 뒤척였다.

정원사는 진진을 장미궁전 홀 입구까지 데려다준 후 홀가분한 걸음으로 물러갔다. 홀 안은 비를 피해 들어온 가면생활자들로 어느 때보다 북적였다. 안을 둘러보자 익숙한 얼굴들이 눈에 들어왔다. 미오, 지호, 은우, 그리고 리아와 다빈. 그들은 홀 가장 안쪽에 있는 찻집에서 차를 마시고 있었다. 클래식 스타일의 차를 좋아하는 리아를 위해 종종 가던 곳인데 진진은 미처 그곳을 생각해 내지 못했던 것이다. 그들은 모두 즐거워 보였다. 미소를 머금은 다빈의 얼굴을 보자 진진은 마음 한 켠이 불편했다.

진진이 나타나자 그들은 이야기를 멈추었다.

"어, 안녕!"

은우가 먼저 진진에게 아는 척을 했다. 어색한 분위기를 바꾸려는 듯 지호가 나서서 너스레를 떨었다.

"잠깐! 내가 지금 누구하고 이야기하고 있던 중이야? 진진이야? 리아야? 지금 온 사람은 진진이야? 리아야?"

미오와 다빈이 웃음을 터뜨렸다. 하지만 그들의 행동은 그러지 않아도 불편한 리아의 기분을 건드렸다. 그녀의 아름다운 얼굴이 순식간에 철가면을 쓴 것처럼 딱딱하게 굳었다. 그녀는 어금니를 꽉 깨물고 눈을 아래로 내리깔았다. 다들 아무 말도 않은 채 그녀의 눈치를 보았다. 짧은 침묵 끝에 리아가 입을 열었다.

"이런 불쾌한 상황이 왜 만들어졌는지 알았어."

그녀는 못마땅하다는 듯이 진진을 쏘아보며 말했다.

"우리가 쌍둥이처럼 닮은 이유 말이야. 여행을 떠나기 전에 새로운 가면을 구입했거든. 그러면서 그쪽의 권유로 쓰던 가면을 반납했지. 반납하면 새 제품을 조금 저렴하게 살 수 있다고 하더군. 그걸 어디에 쓸 거냐고 묻지는 않았어."

다들 숨을 죽이고 그녀의 말을 들었다.

"그런데 어디에 썼는지 알 것 같네."

리아는 무엇이든 다 눌러 버릴 것 같은 눈빛으로 진진을 바라보았다. 그녀에게 그런 눈빛은 아주 자연스러운 것이었다. 베타테스터 같은 부류를 바라보는 방법을 이미 오래 전에 터득한 것이다.

"바로 베타테스터 실험용으로 사용한 거지."

그녀의 입가에 조롱의 미소가 피어났다.

"알겠니? 네 얼굴은 네 것이 아니야. 내 가면이 만든 내 얼굴이야. 그래서 우리는 닮은 것처럼 보이는 거야."

진진은 자신의 귀를 의심했다. 리아가 한 말들이 머릿속에서 어지러이 날아다녔다. 처음에는 무슨 뜻인지 몰랐다가 그 말들이 어떤 뜻을 찾을 때마다 진진은 한 걸음 한 걸음 나락으로 빠져드는 것 같았다.

"아, 아니야. 내 얼굴이야."

진진의 목소리가 가늘게 떨렸다. 리아는 더러운 벌레라도 보는 표정으로 진진을 바라보았다.

"정말 기분 나빠. 나랑 얼굴이 똑같다니! 난 아이마스크에다 정식으로 항의할 거야. 왜 내 가면을 네이키드에게 줬냐고."

"그럴 리가 없어! 이건 내 거야, 내 얼굴이라고!"

진진이 애원하듯이 외쳤다. 사람들이 웅성대며 모여들었다. 아니 이미 많은 사람들이 소동을 구경하고 있었다. 그들의 아름다운 얼굴은 호기심과 놀람으로 조금씩 굳어 갔다. 개중에는 냉소적인 표정을 짓는 사람도 있었다.

더 많은 사람들이 들으라는 듯 리아가 자리에서 벌떡 일어나면서 소리쳤다.

"베타테스터 주제에 지금 우기는 거야?"

그녀는 금방이라도 진진에게 달려들어 가면을 뜯어낼 것 같은 기세였다. 다빈을 비롯해 친구들의 얼굴이 한꺼번에 일그러졌다.

모두들 어쩔 줄 몰라 했다. 더 많은 사람들이 다가와 그 광경을 지켜보기 시작했다. 그들 대부분이 리아 편이었다. 모두 경멸에 찬 시선으로 진진을 바라보았다.

진진은 파랗게 질린 채 그 자리에 옴짝달싹하지 못하고 서 있었다. 그때 누군가가 다가와서 진진의 팔을 잡았다. 정원사들이었다. 그들은 진진의 양쪽 팔을 잡고 홀에서 끌어냈다. 단단한 무언가에 묶인 것처럼 꼼짝할 수 없었다. 진진은 다급하게 외쳤다.

"다빈!"

하지만 다빈은 외면한 채 미동도 하지 않았다. 진진은 장미궁전에서 정원 바깥까지 질질 끌려 나갔다. 아무 저항도 할 수 없었다.

"이거 놔요! 왜 이러는 거예요?"

밖으로 나올 때까지 정원사들은 아무 말도 하지 않았다. 분수대 앞에 와서야 정원사들은 물러갔다. 그들은 물러가기 전 진진에게 베타테스터 조항 10번을 위반했다고 이야기했다. 진진은 10번이 어떤 조항인지 전혀 기억나지 않았다.

비는 아까보다 잦아들긴 했지만 여전히 땅을 적시고 있었다. 진진은 정신 나간 사람처럼 서서 분수대에서 뿜어져 나오는 물줄기를 바라보았다. 온몸이 덜덜 떨려 움직일 수 없었다. 끔찍하게 차갑고 단단한 무언가에 부딪힌 기분이었다. 진진은 고개를 숙였다. 빗방울이 이마와 머릿결을 따라 눈물처럼 바닥으로 떨어졌다.

'지금 나는 쫓겨난 건가? 이대로 모든 게 끝인가?'

리아의 말대로 그들이 리아의 가면을 준 걸까? 그러나 진진은 왜 그런 이야기를 해 주지 않았냐고 따질 수조차 없다. 베타테스터는 제품 테스트를 위해 투입된 사람일 뿐, 치명적 위해가 아니라면 제품을 어떤 것으로 만들었든 어떤 것을 재활용하든 따질 자격이 없다. 그리고 진진은 모든 조건에 동의했다.

누군가 다가와 진진에게 녹색 우산을 받쳐 주었다. 녹색 제복을 입은 사람은 아니었다. 고개를 들어 쳐다보니 아까 호수 근처에서 만난 남자가 굳은 표정으로 진진을 바라보고 있었다. 진진이 떨리는 입술을 겨우 움직여 물었다.

"당신도 베타테스터라고 했죠?"

남자는 아무 말도 하지 않고 진진을 바라보기만 했다. 진진이 다시 물었다.

"당신도 닮은 사람이 있나요?"

그는 여전히 침묵한 채 고개만 저었다. 없다는 건지 모른다는 건지 알 수 없었다. 고개를 젓는 모습이 어딘지 모르게 슬퍼 보이기도 했다. 남자는 진진에게 우산을 건네주고 사라졌다.

*

아이마스크 사에 도착한 후 건물 입구에서 출입 인증을 마치자 1층 로비에 있던 여자가 진진을 방으로 안내했다. '특수연구실'

이라는 팻말이 붙어 있는 방이었다. 진진은 어젯밤 아이마스크가 보낸 메시지를 받았다.

오늘 일어난 일에 대해 아이마스크 사는 깊은 유감의 뜻을 전합니다.
빠른 시일 내에 제품을 가지고 회사에 방문해 주시기 바랍니다.

정원에서 있었던 일들이 모두 아이마스크에 보고된 것이다.
'가면을 내놓으라는 건가? 설마 그건 아니겠지. 아직 베타테스터 기한이 남았는데⋯⋯.'
발걸음이 쉽게 떨어지지는 않았지만 진진은 아이마스크로 향했다. 알고 싶은 것이 있었기 때문이다. 자신이 착용했던 가면이 정말로 리아의 것인지, 그리고 자신의 얼굴 위에 펼쳐졌던 얼굴도 리아의 것인지.
여자가 방문을 열며 말했다.
"잠시만 기다리시면 닥터 함이 오실 겁니다."
닥터 함? 어슴푸레 기억이 났다. 아이마스크에 처음 왔을 때 진진에게 가면을 준 남자가 말했던 이름이다. 베타테스팅을 총괄하는 책임자라고 했던가. 그 사람이라면 진진의 의문을 풀어 줄지도 모른다.
방으로 들어가자 한쪽 벽면에 수십 장의 사진이 붙어 있었다. 그런데? 사진 속의 인물을 보고 진진은 깜짝 놀랐다. 찍힌 사람은 자신이었다. 처음 정원에 갔을 때부터 마지막 날까지 진진의 사진이 날짜 순서대로 촘촘하게 붙어 있었다.

진진은 그 자리에 얼어붙은 것처럼 섰다. 남들 앞에 날 것으로 발가벗겨진 기분이었다. 사진 속의 진진이, 아니 진진의 얼굴인지 리아의 얼굴인지 알 수 없는 것들이 불안하고 초조한 표정으로 자신을 바라보고 있었다.

'어, 언제, 이렇게 많이?'

관찰할 거라는 예상은 하고 있었다. 하지만 이토록 세밀하고 촘촘하게 감시하고 있을 줄은 몰랐다. 전혀 눈치채지 못한 자신이 바보 같았다.

기다리는 동안 진진은 눈을 떼지 않고 사진들을 노려보았다. 벽에 붙은 사진들이 창백하게 줄지어 진진을 감시하는 것 같았다. 조금이라도 한눈을 팔면 벽에서 떨어져 나와 날카로운 모서리로 진진의 얼굴을 겨누며 공격할 것만 같았다. 진진은 새삼 깨달았다. 가면은 서프라이즈 선물이 아니었다. 자신도 모르는 사이에 대가를 지불하고 있었던 것이다.

잠시 후 남자 한 명이 방 안으로 들어왔다. 머리가 하얗게 세고 눈 끝이 살짝 처진 인상이 전체적으로 고집스러운 느낌을 주었다. 그는 가면을 착용하고 있지 않았는데, 이 건물에서 가면을 쓰지 않은 유일한 사람일 것 같았다. 남자는 엷은 미소를 지으며 말했다.

"어제 일은 유감이에요."

그 목소리는 상대방을 주눅 들게 하는 힘이 있었다. 진진은 마치 잘못을 저지른 후 혼나려고 앉아 있는 기분이 되었다.

"어디서부터 설명을 할까요? 그러니까……."

그는 눈을 가늘게 뜨고 무언가 생각하는 표정을 짓더니 컴퓨터 앞으로 다가가며 이야기를 이어갔다.

"우리가 개발한 물질은 스스로 사용자의 환경에 적응합니다. 프로그램을 입력하지만 어느 정도 완성된 후에는 물질이 스스로 변화하는 것이죠. 그래서 연구자들이 컨트롤하는 데 한계가 있어요. 우리는 기다렸어요. 그 물질이 어떻게 적응하고 어떻게 변화할지를……."

그는 테이블 위에 있는 컴퓨터 모니터에 진진의 사진을 띄웠다. 벽에 붙어 있는 사진 중 맨 위 오른쪽에 있는 사진이었다. 그리고 그 옆에 또 하나를 띄웠다. 그건 가장 최근에 찍힌 것으로 정원 밖으로 내쫓기던 날 찍힌 사진이었다. 어? 그런데 뭔가 이상했다.

"이번에 실험한 R3는 새로운 사용자에게 적응하는 것을 거부했어요."

닥터 함이 무표정한 얼굴로 모니터를 바라보며 말했다. 그가 모니터에 띄운 두 개의 사진은 비슷하긴 했지만 분명히 달랐다. 첫 번째 사진의 진진은 턱선이 둥그스름해서 귀여운 느낌이 드는 얼굴이었다. 그런데 마지막 사진은 처음 사진보다 턱선이 날렵해져 있었다. 그리고 눈도 조금 달랐다. 첫 번째 사진 속의 눈은 길쭉하고 쌍꺼풀이 크지 않았는데 마지막 사진은 쌍꺼풀이 더 크고 눈도 깊어 보였다. 그러고 보니 가면을 착용하고 거울을 보며 살이 빠졌나 하고 생각한 적이 있었다. 그때는 그저 정원에 다녀오느라 힘이 들어서 그런 거라고 생각했다. 실제로 몸무게가 조금 줄기도 했다. 하지만 그 때문이 아니었다. 마지막 사진은 완벽하게 리아의 얼굴이었다. 첫 번째 사진도 리아와 비슷하긴 했지만 똑같지는 않았다. 그런데 시간이 지날수록 리아와 쌍둥이처럼 닮아 갔다.

"진진 양뿐만 아니라 세 명의 테스터가 모두 실패했어요. 앞으로 두 명 더 남아 있지만 별로 희망적이지 않아요. 그들도 변화가 시작되었거든요."

"시, 실패했다는 게 무슨 말이에요?"

진진은 가까스로 목소리를 내었다.

"판게아가 원래 기억하고 있던 형상으로 돌아갔다는 말이에요."

진진은 그제야 가면을 이루고 있었던 물질, 판게아를 떠올렸다. 그랬지. 그 물질이 가면의 마법을 일으킨 거였지. 가면에는 그런 비밀이, 아니 그런 원리가 숨어 있었던 거야…….

"가면을 원하는 고객들은 새로운 제품을 원해요. 새로운 기능, 새로운 디자인, 새로운 변화. 우리 고객들은 아무리 비싸도 서로

경쟁하듯 새 제품을 구입합니다. 우리는 그분들이 사용했던 제품을 회수해서 제삼자의 얼굴에 적용하는 기술을 연구했어요. 이번에 테스트한 R3가 바로 그런 거예요. 그러나 테스트라는 것이 원래 그렇지만 잘 안됐네요."

그러면서 닥터 함은 짧게 한숨을 내쉬었다. 진진은 아무 말도 않은 채 모니터 속의 얼굴을 뚫어져라 바라보았다. 결국 리아의 말이 맞았다. 진진의 가면은 그 애가 쓰던, 아니 버린 가면이었다. 테이블 위에 놓인 가면 케이스에는 처음부터 리아의 얼굴이 들어 있었던 것이다.

"또 다른 측면으로는…… 더 많은 사람들에게 가면생활자의 즐거움을 선사하고 싶기 때문이에요. 난 오랫동안 이 물질을 연구해 왔어요. 안타까운 게 워낙 고가이다 보니 소수만 가면을 가질 수 있다는 거예요. R3를 활용하면 3분의 1 가격에 제품을 내놓을 수 있거든요. 그만큼 많은 사람들에게 행복을 선사할 수 있는 거죠. 어때요? 진진 양도 가면을 쓰는 동안 행복했지요?"

그는 마치 은혜를 베풀고 있는 성자의 눈길로 진진을 바라보며 미소 지었지만, 진진의 표정에서 행복을 읽지 못했는지 살짝 불만스러운 말투로 말했다.

"공교롭게도 원래 주인을 만나서 일이 시끄럽게 되었지. 어제 해명하느라 진땀을 뺐어요."

그러면서 넌더리가 난다는 표정을 지었다. 그의 눈빛이 왠지 진진을 힐난하는 것처럼 느껴졌다. 왜 그 애랑 마주쳤냐고…….

'그럼 나는 실패한 건가? 가면을 갖고 싶다는 소망은 깨져 버린 건가?'

진진은 온몸에서 힘이 빠져나가는 것 같았다. 잠시라도 방심하면 자신의 몸뚱이가 의자에서 바닥으로 흘러내릴 것만 같았다.

"그럼 이제 어떻게 되는 거예요? 다른 방법 없나요?"

박사는 단호하게 고개를 저으며 말했다.

"R3는 일단 접으려고 합니다. 이거에 신경 쓸 여유가 없어요. 다른 중요한 프로젝트도 있고……. 그동안 수고 많았어요."

방문이 열리면서 여자 한 명이 들어왔다.

"마지막 리포팅이 준비됐습니다."

닥터 함은 고개를 끄덕였다. 마지막이라는 말에 진진은 자신도 모르게 고개를 저었다. 이렇게 끝낼 수는 없다. 가면을 빼앗길 수 없다. 하지만 어떻게? 어떻게 해야 하나?

여자가 복도로 안내했다. 진진은 마지못해 그 뒤를 따라갔지만 그대로 갔다가는 가면을 빼앗길 것이 분명했다.

'마지막이라고? 안 돼, 이건 내 거야!'

진진은 가면 케이스의 손잡이를 꽉 쥐었다. 앞장서서 걸어가던 여자가 복도 끝에 있는 방 앞에서 멈추었다. 그녀가 문을 열고 방으로 들어간 순간, 진진은 뒤돌아 뛰기 시작했다. 여자가 뒤늦게 알아채고 날카로운 비명을 질렀다. 진진은 마침 도착한 엘리베이터에 올라타 닫힘 버튼을 눌렀다. 여자가 외치는 소리가 엘리베이터 너머에서 들렸다. 심장이 갑자기 거대한 괴물처럼 자라나 온몸을 뒤흔들며 뛰는 것 같았다. 엘리베이터에서 내려 출입구를 향해 뛰어가는데 사방에서 화살이 날아와 진진의 몸에 꽂힐 것만 같았다.

'조금만 더!'

놀란 표정의 데스크 여자를 뒤로 하고 단숨에 건물 바깥으로 뛰어 나왔다. 오른손에 가면 케이스를 꽉 움켜쥔 채 그대로 도심의 인파 속으로 뛰어들었다.

아잘레아

하루 종일 날씨가 꾸물꾸물하더니 저녁이 되자 빗줄기가 쏟아졌다. 오타는 직업 훈련을 마친 다음에 차차스로 향했다. 피그는 2주 만에 만나는 셈이었다. 오타가 베타테스터가 된 지 2주나 되었다는 뜻이기도 하다. 오랜만에 피그를 본다고 생각하니 걸음이 가벼웠다. 자신이 피그를 반기게 될 줄은 꿈에도 상상하지 못했던 일이다.

차차스는 오늘도 흥겨운 멜로디로 출렁이고 있었다. 오타가 도착해 자리를 잡자 잠시 후 피그가 문을 열고 들어섰다. 그는 덥수룩한 머리에 큰 배낭을 메고 후줄근한 셔츠를 입고 있었다. 외모에는 영 신경을 쓰지 않는 모양이었다. 그런데 피그는 지난주에도 새 옷을 사서 오타에게 보냈다. 지난번에 사 준 거로 모자랄 것이라고 생각한 모양이었다. 이번에도 가면생활자 코디법에 나올 법한 최신 스타일의 옷이었다. 그걸 사느라 피그가 고심했을 걸 생각하니 슬쩍 웃음이 나왔다.

"별 일 없지? 오늘은 날씨가 영 꿀꿀하구나."

피그가 먼저 아는 체를 했다. 그의 말투는 조금 어눌하고 시큰둥한데, 안티마스키드 사이트를 통해 보내는 메시지하고는 느낌이 많이 달랐다. 그의 메시지는 늘 분명하고 확신에 찬 어투여서 냉철한 리더 같은 느낌이었다. 하지만 정작 만나 보면 별 볼 일 없는 동네 아저씨 같았다. 오타는 한 사람이 이토록 다른 분위기를 낸다는 것이 신기했다. 피그는 종업원을 불러 이것저것 주문했다. 음식이 너무 많은 것 같았다.

"둘이 먹기에 너무 많은 거 아니에요?"

"아, 또 올 사람 있어."

그때 차차스의 출입문이 열리며 하늘빛 우산이 먼저 들어왔다. 곧이어 여름용 트렌치코트를 입은 건지의 모습이 보였다. 우산을 접은 건지가 두 사람을 발견하고 손을 흔들었다. 자리에 앉으면서 건지가 오타에게 물었다.

"힘들죠?"

오타는 대답 대신 애매하게 웃었다. 차라리 힘들면 좋겠다는 생각이 들었다. 힘들어도 해낼 수 있다는 뜻이니까. 하지만 자신은 아무것도 한 게 없었다. 유령과 관련된 아주 조그만 단서라도 찾았다면 지금보다는 마음이 가벼울 것이다.

"새로 알아낸 사실이 있어. 너도 알고 있어야 할 것 같아서."

피그가 종업원이 가져온 맥주를 한입 들이켠 다음 말했다.

"아이마스크가 비밀 프로젝트를 진행하고 있었어."

"비밀 프로젝트요?"

"응. 1년 넘게 이 프로젝트에 주력한 걸로 보여. 상당한 시간과 돈을 들여 진행했더군. 유령이 회사를 옮긴 시기와 프로젝트가 시작된 시기가 얼추 비슷한 걸 보면 유령도 여기에 투입된 것 같아. 그리고 내 짐작이지만 유령이 프로젝트에 관해 뭔가 문제 제기를 했을 것 같아."

"문제 제기라뇨?"

오타가 포크로 소시지를 찍다 말고 물었다.

"프로젝트의 심각한 문제점에 대해 얘기했겠지."

오타는 무슨 말인지 금방 이해가 되지 않았다. 피그가 샐러드를 우적우적 씹으면서 덧붙였다.

"이 프로젝트는 그 전 제품들과는 달리 철저히 비밀리에 진행되었더군. 베타테스터도 극소수로 뽑았고. 뭔가 숨기고 있는 것이 느껴지지?"

딱히 와 닿지는 않았지만 오타는 고개를 끄덕였다.

"아직까지는 내 추측이지만, 유령은 문제 제기를 했고 심각한 반대와 견제에 부딪혔던 거 아닐까 싶어. 혼자 힘으로 안 되니까 우리를 찾아온 거고."

피그의 말이 끝나기 무섭게 건지가 가방에서 무언가를 주섬주섬 꺼내 두 사람에게 내밀었다. 서류 파일이었다. 그녀는 뉴스 기사를 캡처한 파일을 펼치며 말했다.

"얼마 전에 가면생활자가 자살한 사건이 있어. 이 사건은 밖으로 전혀 노출되지 않았는데, 아마도 아이마스크에서 사운을 걸고 철저히 막은 것 같아."

건지가 내민 파일에는 어떤 사람의 사진과 자살 사건을 보도한 짤막한 기사가 캡처되어 있었다.

"죽은 사람이 가면생활자였다고?"

피그가 묻자 건지가 착잡한 표정으로 고개를 끄덕였다.

"그뿐이 아니야. 죽은 사람이 비밀 프로젝트의 첫 번째 베타테스터였다는 증언이 나왔어. 내가 아이마스크를 파헤치는 걸 알고 예전에 베타테스터를 했던 사람이 연락을 해 왔어. 자살한 사람과 아는 사이라면서 알리고 싶은 게 있다고……."

건지는 목소리를 조금 낮추고 이야기를 이어 갔다.

"그 사람이 최근 들어 뭔가 심상치 않다고 느꼈대. 많이 불안해하고 죽을지도 모른다는 이야기를 여러 번 했다는군. 원래 그런 사람이 아닌데 비밀 테스터가 된 후 사람이 180도 바뀌어서 이상했다고……."

오타는 베타테스터가 그만큼 위험한 일인가 하는 생각에 뒤통수가 찌릿했다. 피그가 눈을 가느다랗게 뜨며 물었다.

"경찰에선 죽은 이유가 뭐래?"

"우울증."

"으음, 그래서 그런 건가?"

피그가 혼잣말을 하며 골똘히 생각하는 표정을 지었다. 그러자 건지가 궁금하다는 얼굴로 물었다.

"그게 무슨 말이야?"

"비밀 프로젝트 자료 중에 신경정신 분야 관련 자료가 포함되어 있더라고. 아직 추측일 뿐이지만 그 전의 제품들과는 다른 성질이 있는 것 같아. 전문가들한테 검토 요청을 해 놨으니 곧 결과가 나올 거야. 구체적인 것이 나오면 알려줄게."

"아…… 나도 죽은 사람 주변을 더 탐문해 볼게."

건지가 고개를 끄덕이며 말했다. 그 말을 듣는 동안 오타의 마음은 더 무거워졌다. 진진이 떠올랐기 때문이다. 혹시 진진도 비밀 프로젝트에 연루된 것은 아닐까? 피그가 오타를 바라보며 물었다.

"이제 베타테스터 기한도 얼마 안 남았지?"

"네. 그런데도 아무 진전이 없네요."

"쉬운 일이 아니야. 이렇게 도와준 것만으로도 정말 고마운 걸. 뭐 어려운 점은 없어? 솔직하게 얘기해도 돼. 우리가 도와줄 수 있는 일이라면 도울 거니까."

오타는 잠시 망설이다가 입을 열었다.

"저…… 말씀 드릴 게 있어요."

뭐든 말하라는 표정으로 피그가 오타를 바라보았다.

"정원에서 베타테스터 한 명을 우연히 알게 되었는데……."

오타는 마지막으로 진진을 목격했던 날에 대해 이야기했다. 진진과 얼굴이 쌍둥이처럼 닮은 여자가 있었던 일, 소란이 커지자 정원사들이 진진을 끌고 정문 밖으로 내쫓던 일. 그날 이후 진진이 정원에 나타나지 않는다는 사실까지. 피그와 건지는 아주 흥미롭다는 표정으로 이야기를 들었다. 오타는 쑥스러워서 침을 한번 삼켰다. 괜스레 귓불이 달아올랐다.

"이름은 진진, 73구역 기숙사에 있어요. 그날 충격을 많이 받은 것 같았어요."

피그는 알아보겠다며 메모를 했다. 건지는 짧게 한숨을 쉬며 말했다.

"제품에서 결점이 발견되는 일은 충분히 예상되는 일이지만 상황이 많이 안타깝네. 얼마나 놀랐을까. 그 친구, 한번 만나 보고 싶다."

세 사람이 차차스에서 나올 무렵에는 비가 완전히 개어 있었다. 두 사람과 헤어진 오타는 서둘러 걸음을 옮겼다. 통금 시간이 거의 다 되었기 때문이다.

아이마스크의 비밀 프로젝트 이야기를 들으니 걱정이 되었다.

진진이라면 충분히 그 프로젝트를 수락할 가능성이 있기 때문이다. 말릴 수만 있다면 진진에게 절대 하지 말라고 이야기하고 싶은데, 만날 수 있을까? 급히 기숙사 정문을 통과하는데 누군가 오타를 불렀다. 오늘 기숙사 출입 당번을 맡은 행정실 선생님이었다.

"요즘 많이 늦는데?"

선생님이 뭔가 꼬투리를 잡으려는 눈빛으로 오타를 바라보았다. 선생님들은 365일 내내 학생들의 외출 기록과 귀가 시간을 체크한다. 오타는 그 레이더에 걸린 것이다.

"무슨 일 있는 건 아니지?"

선생님은 독심술이라도 쓰듯 오타를 뚫어져라 바라보며 물었다.

"아, 아무 일도요."

최대한 자연스럽게 이야기하려고 애썼다.

"그래? 누구 만나고 오는 길이야?"

선생님은 안경 속의 눈동자를 굴리며 집요하게 물었다. 열여덟 살 이상은 기숙사 분위기를 해치지 않는 범위에서 사생활을 보장받지만 그것은 겉으로 내세우는 것이고 실제로는 요주의 인물을 선정해서 특별 관리를 했다. 오타는 요주의 인물과는 거리가 먼 캐릭터라 그동안 늦어도 별다른 제지를 받지 않았지만 최근에 외출이 늘고 귀가 시간이 늦어지면서 특별 관리 대상에 오른 모양이었다.

"친구들요. 외부에서 직업 훈련 받을 때 만난 친구들이에요. 앞으로 어떤 일을 할지 서로 이야기도 하고 그러느라고요."

생각보다 그럴듯한 이야기가 입에서 술술 흘러나왔다. 가면생활자 노릇을 하다 보니 거짓말이 느는 걸까?

"어, 그래. 열아홉 살이니 당연히 걱정이 되지. 어떤 걸 할지 마음 굳힌 게 있니?"

"아직요. 고민 중이에요."

선생님은 오타의 말에 동의한다는 듯이 고개를 끄덕였다.

"그래, 신중하게 결정해야지. 평생이 걸린 문제인데……. 너도 지금 다른 일에 한눈팔 시기는 아니야. 늦었으니 가 봐라."

선생님은 탐색의 눈초리를 거두지 않으며 설교조로 이야기를 마무리했다. 오타는 얼른 인사를 하고 기숙사 방으로 향했다. 선생님들이 자신을 주시하기 시작한 모양이었다.

자기 전에 컴퓨터실에 들어가 습관처럼 안티마스키드로 접속했다. 새로운 메시지가 하나 있었다.

'아까 피그가 메시지 보냈다는 말은 안 했는데…….'

고개를 갸웃거리며 메시지 작성자를 확인한 순간, 오타는 자신의 눈을 의심했다. 메시지를 작성한 이는 바로 유령이었다. 작성 시간은 한 시간 전. 오타가 피그, 건지와 함께 차차스에 있었던 때다. 시스템 오류일까? 아니면 다른 안티마스키드 회원이 유령 계정으로 남긴 메시지일까? 어쩌면 도마뱀일지도 모른다. 유령 계정의 암호가 쓰여 있는 편지를 피그에게 주었기 때문에 도마뱀도 알고 있을 것이다. 하지만 왜 굳이 도마뱀이 유령 이름으로 접속을? 도대체 어떻게 된 걸까? 급히 메시지를 클릭했다. 메시지에는 단어 하나만 덩그러니 놓여 있었다.

아잘레아.

무슨 뜻이지? 장난인가? 장난이라면 도대체 누가⋯⋯. 잠, 잠깐, 유령 계정의 비밀번호를 아는 사람은 오타, 피그, 도마뱀, 그리고? 오타는 자리에서 벌떡 일어났다. 그리고 컴퓨터실 안을 초조하게 걷기 시작했다. 메시지를 작성한 사람은 바로 유령이다. 그의 두 번째 메시지가 도착한 것이다.

*

아잘레아. 무슨 말인지 몰라서 찾아봤더니 꽃 이름이었다. 오타는 순간 망연했다. 꽃 이름 앞에서 속수무책인 건 이번이 처음이었다. 동시에 '역시 정원인가?' 하는 생각이 들었다. 정원에는 꽃이 많다. 수십, 아니 수백 종은 될 것이다. 그중에 오타가 아는 꽃은 서너 종류밖에 되지 않는다. 사진을 찾아보니 송이가 크지 않고 잎이 많이 달린 분홍색 꽃이었다. 정원에서 그런 꽃을 본 기억은 없었다. 아니 너무 많이 본 것 같기도 했다.

그날 밤 자정이 넘어 접속한 피그에게 메시지 이야기를 했다. 피그 역시 유령인 것 같다고 했다. 피그의 얼굴을 볼 수는 없지만 그가 안도하는 것이 느껴졌다. 유령이 살아 있다는 증거니까.

—음…… 오타에게 꽃을 보내고 싶었나?

이 상황에 농담이라니. 오타가 가만히 있자 피그가 다시 메시지를 보냈다.

—미안…… 꽃이라…… 정원에 혹시 그 꽃이 있니?
—모르겠어요. 꽃은 관심 있게 보질 않아서…….
—아니면, 다른 의미일 가능성은?
—솔직히 짚이는 게 없어요.
—여러 가지 가능성을 생각해 봐야 할 거야. 뭘 의미하는지.
—답답해요. 왜 그것만 써서 보냈을까요?
—감시당하고 있을 테니 구체적 정보를 줬다가는 더 위험해지겠지. 일단 나는 이 메시지가 어디서 작성되었는지 알아볼게.

다음 날 훈련이 끝난 후 오타는 저녁도 거른 채 정원으로 향했다. 오늘의 직업 훈련 주제는 스위치 조립이었는데, 세 시간 내내 전동 드릴을 가지고 나사를 조였다 뺐다 했더니 어깨가 아프고 눈이 피곤했다. 작업 도중 자꾸만 다른 생각에 빠지는 바람에 몇 번이나 처음부터 다시 해야 했다.

한 차례 비가 지나간 뒤라 정원의 풍경은 찬물로 세수한 아이의 얼굴처럼 싱그러웠다.

"정원에 아잘레아라는 꽃이 있나요?"

오타는 사람 좋아 보이는 정원사에게 다가가 슬쩍 물었다. 그러자 정원사는 무심하게 답했다.

"어휴, 이제 아잘레아는 다 졌죠. 여름이 시작되고 있는데……."

아, 그랬구나. 아잘레아는 봄에 피는 꽃이구나. 자리를 뜨려는 정원사에게 다시 물었다.

"그럼, 어떤 게 아잘레아죠? 꽃은 져도 나무가 사라진 건 아니잖아요."

"아, 그게…… 꽃이 지고 나면 초록색 이파리만 남아서."

그는 살짝 고개를 갸웃거리다가 근처에 있는 돌담 쪽으로 다가갔다. 그러고는 이파리가 무성한 관목을 가리켰다.

"이게 아잘레아예요. 아주 많아요. 여기저기……."

"정원 안에 많이 있나요?"

"그럼요, 여기저기 많이 심었죠. 화사한 분위기를 만들어 주는 데 아잘레아만 한 게 없죠."

오타는 일단 이파리 하나를 뜯었다. 꽃이 없으면 잎으로라도 찾아내는 수밖에.

정원을 돌아다니며 비슷하게 생긴 잎을 찾을 때마다 손에 쥐고 있는 잎과 비교해 봤다. 여러 군데에서 똑같은 나무를 찾았다. 주로 길 옆에 많았다. 특별히 어느 건물 옆이라든가 하는 식으로 표식이 될 만한 것은 없었다. 다시 말하면 유령이 낸 문제의 답은 너무 많은 게 문제였다. 정원사의 말대로 여기저기, 이쪽저쪽, 동서남북……. 날이 저물기 시작하자 그런 식별마저 불가능해졌다. 오타는 힘이 빠졌다.

'허탕인가?'

자괴감이 몰려왔다. 도대체 자신이 제대로 하는 일이 뭘까? 오늘 정원에 와서 한 일이라고는 허기를 채운 일뿐이다. 그 외에는 모두 헛짓이었다. 아잘레아도 진진도 찾을 수 없었다. 이제 가면을 쓸 수 있는 날도 며칠 남지 않았는데 그때까지 유령을 찾지 못하면 어떻게 해야 할까? 초조한 마음에 이파리만 만지작거렸다.

가로등에 불이 들어오고 선선한 저녁 바람이 불기 시작하자 초여름의 열기를 피해 실내로 들어갔던 사람들이 하나둘씩 밖으로 나왔다. 오타는 그 무리 중에서 낯익은 얼굴을 발견했다. 그는 진진과 자주 어울렸던 사람인데 진진이 정원에서 쫓겨난 날에도 함께 있었다. 끌려 나가기 직전 저 사람에게 도와달라는 눈빛을 보내던 진진의 얼굴이 떠올랐다. 하지만 그는 외면했다. 오타가 정원에서 관찰한 가면생활자들은 저런 식이었다. 상냥하고 매너 있고 예의 바르지만 그건 그들의 눈속임용 무기일 뿐이다. 그들은 본질적으로 이기적이고 비겁했다. 온갖 혜택을 받고 부유하게 자란 인간들이 왜 그런 공통점을 보이는지 이해가 안 됐다. 어쩌면 오타가 네이키드라서 그들을 이해하지 못하는 건지도 모른다. 그들에게는 저런 게 미덕이며 자신들의 냉정함과 비겁함을 자랑스럽게 생각할지도 모른다.

오타는 자신도 모르게 그 사람 앞으로 불쑥 다가섰다.

"저, 이야기 좀 할 수 있을까요?"

남자는 조금 놀란 표정이었으나 이내 상냥한 태도로 답했다.

"무슨 일이죠?"

"진진을 찾고 있어요."

남자의 얼굴이 순식간에 굳었다. 그의 눈가에 경계의 빛이 빠르게 퍼지면서 반듯한 이마에 신경질적인 주름이 잡혔다. 그는 짜증스러운 말투로 답했다.

"그걸 왜 나한테 묻죠?"

"당신과 함께 있는 걸 여러 번 봤어요."

그는 모욕적인 말이라도 들은 듯 오타를 외면하며 시선을 돌렸다. 가로등 불빛이 비친 그의 얼굴은 차갑게 굳어 있었다. 그는 도망치듯이 몸을 홱 돌려 반대편으로 걷기 시작했다. 오타는 화가 치밀어 뒤통수에 대고 소리쳤다.

"잘 알잖아요. 왜 모르는 척해요?"

남자가 그 자리에 멈추더니 뒤를 돌아보았다. 그리고 아까와는 다른, 아주 냉소적인 표정으로 오타를 바라보았다.

"당신도 베타테스터군. 그렇다면 찍소리 말고 죽은 듯 있어. 자기 주제를 알고 눈치껏 즐기다가 사라지라고. 쓸데없는 짓 했다가는 어떻게 될지 몰라."

남자는 오타를 한 번 쏘아보더니 어둠 속으로 사라졌다. 딴판으로 변한 그의 모습에 뒤통수를 세게 얻어맞은 기분이었다.

'쓸데없는 짓 했다가는 어떻게 될지 몰라.'

그의 마지막 말이 오타를 꿰뚫어보고 하는 말 같아 소름이 돋았다. 오타는 일부러 소리를 내서 중얼거렸다.

"재수 없는 마스키드!"

그렇게라도 하지 않으면 남자가 한 말에서 헤어나지 못할 것 같았다. 밤이 깊어질 때까지 정원을 헤매며 진진과 아잘레아의 수수께끼를 찾아다녔지만 소용없었다. 오타는 힘없이 정원의 화려한 문을 빠져나왔다.

쏘미아

누군가 쫓아오고 있다. 빽빽하게 우거진 나뭇가지가 하늘을 가리고 있어서 발아래가 보이지 않는다. 정원을 가득 메우던 꽃향기도 잔잔한 음악 소리도 들려오지 않는다. 진진은 몇 번이나 덤불과 돌부리에 걸려 넘어질 뻔했다. 그러나 멈출 수 없다. 누군가가 금방이라도 날카로운 손끝으로 목덜미를 움켜쥘 것 같다. 도망갈수록 주변은 더 어두워졌고 이제는 한 점의 빛도 보이지 않는다. 공포가 순식간에 몸 구석구석까지 퍼진다. 진진은 온몸을 떨며 신음 소리를 내지만 입 밖으로는 나가지 않는다.

어둠 속에서 얼음처럼 차가운 손이 진진의 목을 움켜잡았다. 곧이어 얼굴 아래쪽을 날카로운 손끝으로 긁으며 가면을 떼어 낸다. 악, 아파! 생살을 떼어 내는 것 같은 고통에 진진은 비명을 지른다. 아아아악, 소리를 질러도 소리가 나지 않는다. 다시 있는 힘껏 소리친다. 안 돼! 내 가면이야! 진진은 소리 없이 울부짖으며 가면이 떨어져 나간 자리를 떨리는 손으로 만진다.

없다!

있어야 할 얼굴이 없다. 진진은 사라진 얼굴을 찾으려고 허둥대지만 허공만 쥐어뜯을 뿐이다. 아무리 손을 휘저어도 아무 것도 없다. 내놔! 내놔! 내 얼굴 내놓으란 말이야! 진진은 목청이 찢어질 듯이 소리치지만 그 소리는 진진의 몸속에 갇혀서 울릴 뿐 밖으로 나가지 못한다.

순간 무언가가 진진의 손에 잡혔다. 진진은 손톱을 날카롭게 세우고 공격한다. 찾을 거야! 내 가면! 내가 뺏길 줄 알고!

"아야!"

누군가의 비명 소리에 진진은 억지로 잡아떼듯이 눈을 떴다. 진진이 잡고 있는 것은 해나의 팔이었다. 해나가 눈썹을 찡그리며 진진의 손아귀에서 자신의 팔을 뺐다. 팔뚝에는 방금 진진이 할퀸 자국이 붉게 남아 있었다. 어떤 부분은 조그맣게 살점이 떨어져 나간 것 같았다. 해나의 피부는 보드랍고 연약한 편이라 어릴 적부터 아주 작은 자극에도 빨갛게 변했다.

해나가 원망스러운 눈길로 진진을 바라보았다.

"악몽을 꾼 거야?"

해나는 책망하는 대신 조금 짜증난 표정으로 물었다. 그러고는 팔에 난 상처에 침을 발랐다. 침이 닿은 부분이 따가운 듯 눈을 찡그렸다.

미안하다고 말하고 싶었지만 입이 떨어지지 않았다. 진진은 아직 꿈의 잔해 속에서 헤매고 있었다. 대답하고 싶었지만 무언가 강한 힘이 진진의 몸과 혀를 친친 감고 현실로 건너가지 못하게 막았다. 묵묵부답인 진진을 바라보며 해나는 옅은 한숨을 쉬었다. 그러고는 익숙한 솜씨로 진진의 이마를 짚으며 말했다.

"열은 내렸네. 조금 더 쉬면 괜찮아질 거야."

해나는 걱정과 원망이 섞인 눈빛으로 진진을 바라보다가 방을 나갔다.

몇 시나 되었을까? 일어나서 시간을 확인하고 싶었지만 몸이 말을 듣지 않았다. 창밖에서 들어오는 햇살을 가늠해 보니 오후 서너 시쯤 된 것 같았다. 진진은 가만히 숨을 내쉬었다. 어쨌든 아직까지는 아무런 일도 일어나지 않은 것이다.

너무나도 생생한 꿈이었다. 아직도 목 언저리에 통증이 느껴졌다. 진진은 조금씩 손을 움직여 자신의 목을 더듬었다. 목은 아무 상처도 없이 매끈했다. 두 손으로 천천히 얼굴을 쓸어 보았다. 이마와 눈, 코, 입이 손바닥에 느껴졌다.

어제의 일이 떠올랐다. 아이마스크 건물을 빠져나온 후 진진은 지하철을 향해 미친 듯이 뛰었다. 뒤에서 누군가 진진을 잡으려고 쫓아오는 것 같았다. 막 출발하는 지하철에 올라타는데 성공했지만 그들이 따라오는 것 같아 불안했다. 그들을 따돌리기 위해 진진은 다음 정거장에서 내렸다. 그리고 엉뚱한 방향으로 가는 전철에 다시 올라탔다. 진진은 계속 움직였다. 전철 안의 사람들, 길을 지나는 사람들 모두가 자신을 감시하는 것처럼 보였다.

그렇게 거리를 헤매다가 자정을 넘긴 후에야 기숙사로 돌아왔다. 만약 다른 갈 만한 데가 있다면 그곳으로 도망갔을 것이다. 하지만 도시의 어디에도 진진이 도망갈 곳은 없었다. 이미 굳게 닫힌 정문 대신 기숙사 뒷담 쪽으로 향했다. 뒷담 창고 부근에는 비상구가 있다. 말이 비상구지 실상은 담과 담 사이에 있는 작은 틈새였다. 온몸을 납작하게 만든 후 시멘트벽과 몸싸움을 벌여야만 들어갈 수 있는 통로였다.

방으로 돌아온 후에도 진진은 잠을 이루지 못했다. 거의 뜬 눈으로 밤을 새우다 하늘이 밝아오는 것을 본 후에야 언제 쓰러졌는지도 모르게 쓰러졌다. 그러고는 침대에 누워서 식은땀을 흘리며 자다 깨기를 반복했다. 자면서도 진진은 내내 도망다녔다. 도망가다가 눈을 떠 보면 믿을 수 없이 고요하고 어두운 천장이 눈에 들어왔다. 그러다가 잠들면 다시 쫓겨 다녔다.

주변이 이상할 정도로 조용했다. 손을 뻗어 폰을 확인했다. 아무 메시지도 없었다. 뭔가 이상하다는 생각이 들었다. 혹시 그들이 모든 것을 관찰하고 있는 것은 아닐까? 이곳은 기숙사가 아니라 기숙사처럼 꾸며 놓은 감옥이 아닐까? 조금 전에 왔다간 사람도 해나의 가면을 쓴 다른 사람이 아닐까? 엉뚱한 생각들이 머릿속에서 켜졌다 꺼지기를 반복했다.

'가면은 어디에 있지?'

진진은 힘겹게 몸을 일으켰다. 자면서 얼마나 땀을 흘렸는지 이불을 젖히는데 쉰 냄새가 훅 끼쳤다. 진진은 천천히 옷장에 다가가 문을 열고 맨 위에 올려놓은 케이스를 꺼내 열었다. 보존 젤 속에 평온하게 잠겨 있는 가면이 눈에 들어왔다. 진진은 케이스를 도로 넣으며 가만히 한숨을 내쉬었다.

갑자기 폰에서 알림 메시지가 울리는 바람에 진진은 화들짝 놀랐다. 누군가가 자신을 찾고 있다는 것만으로도 두려움이 몰려왔다. 폰을 찾아 메시지를 확인하는 순간, 아이마스크와는 상관없는 기숙사 일정 알림 메시지라는 것을 알고 안도의 숨을 내쉬었다.

그날 이후 진진은 밖에 나가는 대신 방 안에 틀어박혀 혼자 가면을 쓰고 놀았다. 상금으로 샀던 옷들과 구두, 액세서리로 치장을 하고 거울 앞에 섰다. 때로는 누가 앞에 있는 것처럼 혼잣말을 하고 가면을 쓴 채 의자에 앉아서 책을 보거나 차를 마셨다. 그러다가 누가 쫓아오기라도 하는 것처럼 갑자기 가면을 벗어 옷장 속에 감췄다.

"무슨 일 있지?"

해나가 이해할 수 없다는 표정으로 물었다. 하루가 멀다 하고 가면을 쓰고 뛰쳐나가던 진진이 기숙사에만 있으면서 이상한 행동을 하니 궁금한 것이 당연했다. 진진은 아무 대답도 하지 않았다. 그냥 몸이 안 좋다는 말만 되풀이했다. 그렇게 며칠이 지나자 해나가 의기양양한 표정을 지으며 말했다.

"모든 게 내가 예상한 대로야. 넌 잠시 꿈을 꾸다가 돌아온 거고. 이제 현실을 바라봐야지. 그동안 빼먹은 직업 훈련도 보충하고."

해나의 말에 동의하지 않지만 싸우고 싶은 마음은 없었다. 진진은 순순히 해나를 따라나섰다. 뭐라도 하지 않으면 당장이라도 가면을 쓰고 정원으로 달려갈 것만 같았다. 해나가 향한 곳은 그녀의 실습 병원이었다. 그녀는 병원에 가는 동안 오랜만에 활짝 웃으며 진진의 손을 잡고 팔짱을 끼기도 했다.

하지만 진진에게 병원은 무리였다. 소독약 냄새만 맡아도 머리가 아팠고 피로 물든 약솜을 보면 기겁했다. 진진은 해나와 함께 일하는 척하다가 사람들의 눈을 피해 복도 끝에 있는 휴게실에 가서 시간을 보냈다. 3일째가 되는 날에는 배가 아프다며 아예 휴게실로 직행했다. 그런 진진을 보며 해나는 한숨을 쉬었지만 어쩔 수 없었다.

휴게실이라고 해봤자 의자와 테이블이 몇 개 놓여 있는 좁은 공간이었다. 한 켠에는 음수대가 놓여 있고 한쪽 벽에는 커다란 창문이 있는데 가리는 건물이 없어 제법 멀리까지 보였다. 주차장이 있는 병원 뒷마당과 그 너머의 공터까지 한눈에 보였다.

진진은 창밖을 바라보았다. 아이마스크에서는 거짓말같이 아무런 연락이 없었다. 어쩌면 진진에 대해 잊어버린 것은 아닐까? 그들은 진진 따위를 신경 쓰기에는 너무나 대단하고 특별한 조직이며 진진이 소중한 보물처럼 모시고 있는 가면은 재활용 제품인 데다가 더 이상 쓸모가 없는 폐기물 아닐까? 아무도 진진을 찾지 않자 점점 그렇게 생각하게 되었다. 아니 그렇게 생각하고 싶었다.

'나는 가면을 훔친 게 아니야. 어차피 버릴 걸 가져온 것일 뿐이라고.'

거짓말을 한 것은 사실 그들이다. 리아의 얼굴을 기억하는 가면을 주면서 진진의 새로운 얼굴이라며 거짓말을 하지 않았나. 아니, 그런 걸 따질 필요도 없다. 어차피 가면 자체가 가짜 얼굴 아닌가. 남을 속이는…….

휴게실 창문을 통해 보이는 하늘은 비가 그치면서 조금씩 파란 빛깔을 찾아가고 있었다. 계속 내린 비 때문에 하수도가 역류했는지 역한 냄새가 열린 창문 틈으로 들어왔다. 비둘기 한 무리가 공터로 날아들어 물이 찼다가 빠진 진흙바닥을 찍으며 먹을 것을 찾았다.

진진은 창문 밖을 멍하니 바라보다가 정원의 풍경을 떠올렸다. 분홍색 수국과 하늘색 수국이 양쪽으로 깔려 있는 대리석 길, 달빛과 덩굴 식물이 뒤엉켜 신비로운 그림자를 그리던 구름다리, 음식을 예술품처럼 장식해 놓은 레스토랑, 기분을 어루만져 주는 것 같은 은은한 향기, 입술을 황홀하게 적시던 음료……. 그러다가 문득 다빈이 떠올랐다. 며칠 사이에 그의 얼굴은 진진의 기억 속에서 희미해지고 있었다. 진진은 그의 이마와 콧대와 눈망울을 기억해 내려 애썼다.

그러자 꾹꾹 눌러 왔던 열망이 장미 가시처럼 돋아나기 시작했다. 정원에 가고 싶다. 가서 다빈을 만나고 싶다. 먼발치에서라도 한 번만 볼 수 있다면……. 그러다가 갑자기 맹랑한 생각이 툭 튀어나왔다.

—가는 거야.

—간다고? 정원으로? 하지만 나는 쫓겨났는걸. 그들이 날 또 끌고 갈 거야.

—끌고 갈테면 그러라지. 한 번 했는데 두 번 못 하겠어? 걱정 마. 안 하고 후회하는 것보다는 하고 후회하는 것이 더 나아. 넌 그렇게 살아 왔잖아. 이제는 거울 보면서 혼자 가면 놀이 하는 것도 질렸어. 정원에 가지 않으면 가면은 가면이 아닌 거야.

—그럼, 눈 딱 감고 가 볼까?

—그래. 가는 거야. 기숙사에 처박혀 이럴 바에야 거기 가서 잡히고 말 겠어.

진진의 영혼은 한 번도 유혹에 이겨 본 적이 없다. 그러면 안 된다는 걸 알면서도 저지르고 말았다. 그리고 나서는 늘 후회했다.

선생님의 한숨, 아이들의 질타, 해나의 눈물……. 하지만 고쳐지지 않았다.

갑자기 고막을 찢는 듯한 사이렌 소리가 들렸다. 응급실로 앰뷸런스가 들어오는 모양이었다. 병원에서는 기숙사에 있을 때보다 더 자주 사이렌 소리가 들렸다. 일을 하고 있을 때는 그 소리를 잘 듣지 못한다. 환자와 간호사가 이야기 나누는 소리, 하루 종일 틀어 놓는 병실의 TV 소리, 수액 거치대 끄는 소리 등에 묻힌다. 하지만 휴게실에서 우두커니 창밖을 바라보고 있으면 세상이 온통 사이렌 소리로 가득 찬 것처럼 여겨졌다.

진진은 점점 참을 수 없었다. 다섯 번 연속해서 들리는 사이렌 소리를 마치 운명의 전주곡인 양 숨죽이고 듣던 기숙사 아이들이 생각났다. 벗어날 수 없는 사슬이 그들의 몸과 영혼을 꽁꽁 싸매는 걸 알면서도 모두들 꼼짝없이 침묵을 지켰다. 꾹 참고 있다 보면 모두의 몸에서 미지근한 물이 줄줄 흘러내리는 것 같았다. 어렸을 적부터 체념이 몸에 밴 아이들이 짜내는 신음처럼.

진진은 자신도 모르게 소리 질렀다.

"시끄러워! 시끄럽다고!"

계속되는 사이렌 소리에 진저리가 쳐졌다. 답답함을 참을 수 없어서 창문을 활짝 열어젖히는 순간, 마치 기다렸다는 듯이 하수도의 역한 냄새가 휴게실 안으로 쏟아져 들어왔다. 진진은 구역질 나는 냄새에 치를 떨면서 휴게실에서 뛰쳐나왔다.

바짝 긴장한 나머지 정원 출입문 센서에서 나오는 음성을 듣지 못했다. 출입자가 착용하고 있는 가면으로 신분 인증을 하기 때문에 여기서 막는다면 진진은 정원에 한 발짝도 디딜 수 없다. 그러나 조금의 동요도 없이 진진을 바라보며 미소 짓는 정원사의 얼굴을 보자 아무 문제도 없다는 것을 알아챌 수 있었다. 정원사는 출입구 안쪽으로 진진을 안내하며 목례를 했다.

"오늘도 좋은 시간 되시기 바랍니다."

진진은 잔뜩 움츠러든 심장을 다독이며 정원 안으로 조심스럽게 발걸음을 옮겼다. 기분이 이상했다. 분명히 무언가 잘못되었다. 무작정 정원에 왔지만 십중팔구 출입구에서 저지당할 것이라고 생각했다. 그 자리에서 가면을 빼앗길 각오도 했다. 그런데 그날의 일은 모두 잊었다는 듯 정원은 자신을 평화롭게 맞아 주었다.

오랜만에 오는 정원은 여느 때와 다를 바가 없었다. 가면생활자들은 우아한 모습으로 정원을 거닐었고 하얀색과 파란색의 시원한 컬러 배색으로 꾸민 카페와 식당들은 상큼한 분위기를 자아냈다.

잠시 발길 닿는 대로 걷다가 인공 폭포가 있는 연못 쪽으로 향했다. 그곳에 다빈이 있을까? 막상 그를 만난다고 생각하니 망설여졌다. 만나면 어떻게 해야 할까? 아니 그는 진진에게 뭐라고 할까? 진진이 베타테스터라는 것이 드러난 이상 모른 척할지도 모른다. 다른 친구들과 함께 멸시가 섞인 차가운 시선으로 진진을 바라볼지도 모른다. 정원사들에게 붙들려 내쫓기던 기억이 떠오르자 저절로 손에 식은땀이 났다.

연못에 도착했지만 다빈의 모습은 보이지 않았다. 안도인지 낙심인지 모르는 한숨이 입에서 새어나왔다. 나무 그늘이 짙은 곳으로 가서 주변을 둘러보았다. 멀리서 얼굴만이라도 봤으면 좋겠다고 생각하는데, 뒤쪽에서 누군가 다가오는 기척이 느껴졌다. 진진은 놀라서 뒤를 돌아보았다. 다가온 사람은 정원사였다. 그는 공손하게 고개를 숙이며 말했다.

"진진 님을 잠시 뵙고 싶어 하는 분이 있는데요."

"저, 저를요?"

"네. 진진 님도 아시는 분입니다."

"제가 아는 사람이요? 누군데요?"

"죄송하게도 지금 말씀 드릴 수는 없습니다. 저를 따라오시면 알게 됩니다."

그가 멈춘 곳은 정원의 동쪽 끝에 있는 작은 건물이었다. 정원사들을 위한 공간인 듯 건물 바깥에 아무런 표시도 되어 있지 않았다. 그가 안내한 작은 방은 정원의 다른 곳과는 분위기가 다른 소박한 느낌의 응접실이었다. 정원사가 시키는 대로 테이블 옆의 의자에 앉았다. 잠시 후 누군가가 방으로 들어오며 말을 걸었다.

"잘 왔어요."

그 사람을 본 순간, 진진은 놀라서 의자에서 벌떡 일어났다. 상대는 진진의 마음을 읽기라도 한 듯이 눈꼬리를 둥글게 만들며 미소를 지었다. 그러나 은발 아래에서 꿰뚫듯이 쏘아보는 그의 눈빛은 여전히 매서웠다.

"오해하지 말아요."

닥터 함의 말투가 각별히 부드럽지 않았다면 진진은 그 자리에서 뛰쳐나왔을지도 모른다. 그는 마치 야생동물을 다루는 사육사처럼 조심스럽게 말을 이어 갔다.

"진진 양에게 새로운 제안을 하려고 해요."

무슨 말일까? 진진은 경계하는 마음을 늦추지 않으며 닥터 함을 바라보았다.

"극비리에 중요한 프로젝트를 진행하고 있어요. 지난번 테스팅 결과 진진 양이 이번 프로젝트의 적임자라는 판단을 했어요."

"적임자라뇨?"

"다시 한번 베타테스터가 되어 달라는 말이에요. 이번 일은 한 참동안 공을 들인 프로젝트예요. 베타테스터 또한 각별히 엄선해서 선발했지요. 가면을 아주 사랑하는 분들로……."

이렇게 말하며 그는 빙그레 웃었다.

"그게 무슨 말이에요?"

"말한 그대로예요. 중요한 프로젝트의 테스터가 되어 달라고

요청하는 겁니다. 정말 특별하다고 느낄 거예요. 다른 베타테스터들도 만족감을 표시했어요. 아! 그리고 이번 제품의 베타테스터가 되신 분들께는 아이마스크에서 여러 가지 지원을 해 드립니다. 물질적인 면에서 부족함이 없도록."

진진은 어안이 벙벙했다. 가면뿐만 아니라 돈까지 주겠다는 이야기다. 사실 베타테스터 생활에는 돈이 필요했다. 아주 매력적인 제안이었지만 뭔가 모르게 불안했다. 이번에도 어떤 예기치 않은 일이 일어나는 것 아닐까. 진진은 용기를 내서 물었다.

"이번엔 뭘 테스트하는 거죠? 지난번 같은 일은 겪고 싶지 않아요. 나를 속일 생각은 하지……."

닥터 함이 진진의 말을 자르며 고개를 저었다.

"속이다니요. 그럴 마음은 없어요. 새 가면에는 특별한 기능이 있어요. 가면생활자들은 이제 더 큰 즐거움을 원하거든요. 완벽한 얼굴과 어울리는 완벽한 행복…… 물론 이전 제품도 착용한 순간 행복한 기분을 느끼긴 하지만 순간일 뿐이지요. 가면을 써도 슬프고 비참하고 외로운 감정은 그대로 느껴요. 아, 진진 양도 잘 알겠군요."

그가 의미심장한 눈빛으로 진진의 얼굴을 바라보았다.

"그래서 나는 완벽한 행복을 제공하려고 해요. 마음까지 즐겁게 바꿔 주는 거죠. 아주 공을 들여 완성한 제품이에요. 나의 명예를 걸고……. 이번 제품에는 특별한 별칭이 있어요. 쏘미아……."

"쏘미아?"

진진이 되묻자 닥터 함이 고개를 끄덕였다. 그의 입가에서 옅은 미소가 천천히 피어올랐다.

"내 인생을 걸고 만드는 제품이에요. 아니 작품이죠. 내 모든 걸 거기에 걸었습니다."

닥터 함이 얼굴에서 웃음기를 거두고 결연한 눈빛으로 말했다.

방문자

　오타는 백합 문양 앞에 멈춰 섰다. 정원의 남쪽에 있는 크지 않은 건물이었다. 안에는 볼링이나 스쿼시 같은 가벼운 운동을 할 수 있는 스포츠실과 사우나와 식사를 할 수 있는 공간이 있었다. 건물로 들어가는 현관문에 백합 문양이 새겨져 있는 것을 발견한 순간 오타는 눈이 동그래졌다. 그와 동시에 안쪽 홀 벽에 백합 그림이 하나 걸려 있는 것이 보였다.

　'저, 저건 혹시?'

　며칠을 아무 소득 없이 보내고 있던 참이었다. 아잘레아와 관계 있거나 연상되는 것들을 살펴보았지만 딱히 맞아 떨어지는 단서를 발견하지 못하고 있었고 정원에 올 수 있는 날짜가 이틀밖에 남지 않아 초조할 대로 초조해진 상태였다.

오타는 급히 발길을 돌려 장미궁전으로 향했다. 1층 홀로 들어선 오타는 바닥 대리석의 장미 문양을 발견했다. 다른 방으로 통하는 문손잡이에는 장미 문양이 새겨져 있었다. 건물 바깥에 장미 뜰이 조성되어 있어 별명 삼아 부르는 줄 알았는데 그게 아니었다. 장미궁전 내부는 장미를 모티브로 꾸며진 공간이 많았다. 내친 김에 고전 영화관과 그 옆의 쇼핑센터에도 가 보았다. 벚꽃과 튤립. 예상대로 꽃문양이 건물 디자인에 담겨 있었다. 알고 보는 사람에게는 보이지만 모르는 사람에게는 보이지 않는 숨은 그림 찾기처럼.

그렇다면 아잘레아는? 정원에 있는 모든 건물을 일일이 찾아다니기에는 마음이 급했다. 오타는 걸음을 멈추고 근처를 지나가는 정원사에게 물었다. 그러나 그는 고개를 갸웃거리더니 절레절레 흔들었다. 정원사들도 잘 모르는 것 같았다. 정원사 한 명이 경륜이 있어 보이는 정원사에게 오타를 안내했다.

"아잘레아를 디자인 콘셉트로 한 건물이 어디죠?"

오타가 묻자 그 정원사가 손가락을 들어 어딘가를 가리켰다. 지금 막 하늘을 수놓고 있는 노을빛이 비추어 주황색으로 물든 건물, 바로 레지던스였다. 정원사가 상냥하게 설명을 덧붙였다.

"레지던스죠. 저 건물 별명이 노을성인 건 아시죠? 지금은 공사 중이지만 내년쯤에는 자유롭게 이용하실 수 있을 겁니다."

오타는 뒤통수를 한 대 맞은 것 같았다. 왜 그 생각을 못했을까? 어찌 보면 당연한 것이었다. 레지던스 주변에 공사 중이라며 바리게이트를 쳐 놓았지만 사실은 사람들의 접근을 막기 위해 해 놓은 것이었다. 바리게이트를 넘어 들어갔을 때 정원사가 즉각 나타난 걸 보면 그들은 CCTV를 통해 레지던스 주변을 감시하고 있던 것이 분명했다. 게다가 레지던스는 거리상으로도 정원의 중심에서 상당히 떨어진 곳이라 정원 안에 있지만 정원이 아닌 곳처럼 여겨지는 장소였다. 숨어서 무슨 일을 꾸미기에 적합했다. 여기에 생각이 미치니 아잘레아 이파리를 들고 정원을 돌아다닌 자신이 한심하게 여겨졌다.

그렇다고 무작정 레지던스로 돌진하는 것은 위험하다. 입구에서 정원사들에게 잡혀 쫓겨날 것이 분명했다. 일단 준비를 해야 했다. 감시망을 피하고 레지던스 안으로 들어가는 방법과 건물에 대한 정보가 필요했다. 그러려면 피그의 도움이 필요했다. 오타는 레지던스를 중심으로 정원의 지리를 꼼꼼하게 살펴보았다. 레지던스는 정원 끝에 위치해 정원의 후문 쪽으로 연결이 되어 있다.

기숙사로 돌아와 컴퓨터에 접속한 후 피그에게 아잘레아가 의미하는 것에 대해 설명했다. 피그 역시 놀라는 눈치였다.

―내일이면 베타테스팅 종료예요. 그 후론 정원에 못 들어가요.

―어떻게 하려고?

―내일 레지던스에 들어갈게요.

방문자 183

―너무 위험해.

―유령이 있는 곳을 알았는데 아무 것도 안 하고 끝낼 수 없어요.

피그는 잠시 아무 말도 하지 않았다. 오타는 초조히 피그의 답을 기다렸다.

―좋아. 내 말 잘 들어. 이건 일급비밀이라 너한테 얘기하지 않았는데,
　우리는 총공격을 준비하고 있어.

총공격? 오타는 긴장이 되었다. 피그가 다시 메시지를 보냈다.

―사이버 총공격…… 우리 그룹 내의 해커들이 아이마스크의 네트워크
　를 무력화할 거야. 아이마스크의 비리를 밝혀 내기 위해 꽤 오랫동안
　준비했어. 이제는 유령을 찾기 위해서이기도 하지……. 그 시간을 당
　겨 볼게. 내일 밤으로.

―그러면…… 정원도?

―맞아. 정원 안의 네트워크들이 장애를 일으킬 거야. 보안이랑 감시망
　이 허술해지면 그때 시도해 봐. 하지만 절대 무리하면 안 돼. 정확한
　시간은 내일 알려 줄게. 정원에 가기 전에 우리 사무실에 들러. 도움
　이 될 만한 것들을 구해 놓을게. 뭐가 필요하지?

오타가 생각나는 대로 이것저것 이야기하자 피그는 내일 오전까지 준비해 보겠다고 답했다. 피그와 대화를 끝낸 오타는 새벽이 되도록 잠을 이루지 못했다. 긴장이 되고 겁도 났다. 아무 힘도 없고 경험도 없는 자신이 할 수 있을까? 피그에게 레지던스 구조도 등 구할 수 있는 건 모두 구해 달라고 했지만 시간이 너무 없었다. 무언가를 준비하기에는 거의 불가능한 상황. 준비가 안 된 상태로 그냥 부딪칠 수밖에는 없었다.

다음 날 오타는 룸메이트들에게 몸이 안 좋아서 방에서 쉴 테니 선생님들께 전해 달라고 했다. 보건실 진단서를 제출해야 하지만 그건 나중 일이었다. 몸이 안 좋다는 핑계가 꼭 틀린 말은 아니었다. 잠을 제대로 못 자서 눈이 벌겋게 충혈되고 머리도 지끈지끈 아팠다. 룸메이트가 침대 속에서 얼굴만 내민 오타의 얼굴을 보더니 말했다.

"너, 요즘 귀신에 홀린 애 같아. 매일 늦게 들어오고 잠도 안 자고……."

다른 룸메이트도 동의한다는 표정이었다.

"귀신에 홀린 게 아니라 여자한테 홀린 거 아냐? 요즘 옷차림도 달라지고 목소리도 커지고 얼굴까지 잘생겨진 것 같아."

얼굴이 잘생겨졌다는 말에 오타는 자신도 모르게 손바닥으로 얼굴을 문질렀다. 뭉툭한 코, 여드름이 가득한 이마…… 자신의 얼굴 맞다. 오타는 일부러 성대를 긁는 소리를 내어 쉰 목소리로 말했다.

"잘 말해 줘. 부탁할게."

룸메이트들이 방에서 나간 후 오타는 벌떡 일어났다. 너무 크지 않은 배낭을 찾아서 가면 케이스를 넣고 이것저것 챙겼다. 무기가 될 만한 게 필요할 것 같아서 주머니칼을 넣었지만 도로 뺐다. 정원 검색대에 걸릴 것이 뻔했다. 괜히 이런 일로 주목받으면 안 된다. 대신 대일보이를 배낭에 넣었다. 그러고 나니 행운의 부적이라도 지닌 양 마음이 조금 가라앉았다. 수업 시작 바로 전의 시끄러운 분위기를 틈 타 밖으로 나갔다. 그리고 안티마스키드 사무실로 가는 지하철에 몸을 실었다.

1207호 문을 열고 들어서자 지저분하게 어질러진 사무실이 눈에 들어왔다. 그 전에 왔을 때보다 훨씬 엉망이었다. 피그와 도마뱀 외에 처음 보는 사람들도 있었다. 그들 모두 며칠 집에 가지 못한 것 같은 부스스한 몰골로 분주히 무언가를 하고 있었다. 피그가 먼저 오타를 발견하고 자신을 따라 안쪽 방으로 오라는 시늉을 했다. 오타는 그를 따라갔다.

잠시 후 도마뱀이 무언가를 한 아름 안고 따라왔다. 레지던스 구조도, 주변 CCTV 위치 자료, 그리고 잡다한 물건이 들어 있는 상자였다. 그는 우선 테이블 위에 CCTV 위치가 표시된 지도를 펼치며 말했다.

"검색대에서 내용이 보이지 않도록 약품 처리를 했어. 그냥 백

지처럼 보일거야. 물에 젖으면 약품이 지워지니까 필요할 때 물에 적셔. 그 외에 필요한 것 있으면 가져가."

이렇게 말하며 그는 호신용 스프레이, 일회용 휴대전화, 에너지 바 등 자잘한 물품들을 테이블 위에 쏟아 놓았다. 오타에게 무엇이 필요한지 생각해 하나하나 준비한 듯했다. 딱히 도움이 될 만한 물건인지는 모르겠지만 어찌 되었든 고마웠다.

"진짜는 여기 있어."

도마뱀이 오타를 보며 씩 웃더니 주머니에서 손바닥만 한 게임기 같은 것을 꺼냈다. 화면에서 메뉴를 터치하자 지도 비슷한 것이 나타났다. 그리고 화면 맨 아래 쪽에서 빨간 점 하나가 점멸했다.

"여기에 프로그램을 하나 깔았어. 레지던스 탈출 프로그램!"

오타가 무슨 말인지 못 알아듣자 도마뱀이 설명했다.

"실행시키면 레지던스의 상세한 구조도가 뜨고 네 위치가 빨간 점으로 떠. 그리고 그 위치에서 비상구가 있는 곳을 빨간 화살표로 알려 줘."

이거라면 어둠 속에서도 방향을 잡을 수 있을 것 같았다. 도마뱀이 빨갛게 충혈된 눈으로 밤을 꼬박 새고 만들었다며 웃었다.

"고마워요."

"천만에. 우리가 너한테 고맙지. 아, 그리고 이 프로그램이 검증된 게 아니거든. 넌 오늘 나의 베타테스터가 된 거야. 잘 부탁해."

도마뱀이 찡긋 웃으며 오타의 어깨를 두드렸다. 그러고는 정원

지도를 펴 놓고 레지던스에서 정원을 빠져나가는 지름길을 알려주었다. 이야기를 나누다 보니 계획이 좀 더 선명해졌다. 막연하기만 했던 것들이 조금씩 윤곽을 찾아가고 있었다. 내내 걱정스러운 표정을 짓고 있던 피그가 입을 열었다.

"총공격은 오늘밤 10시로 정해졌어. 그때 주간 근무자와 야간 근무자가 교대하기 때문에 네트워크를 감시하는 눈이 잠깐 소홀해져."

오타가 알았다는 의미로 고개를 끄덕였다.

"그리고 지난번에 얘기했던 비밀 프로젝트 기억하지? 네가 지난번에 이야기했던 진진이라는 친구도 참여한 것 같아. 유사한 프로필을 가진 테스터 관찰 결과가 아이마스크 네트워크에 올라왔어."

피그의 말에 오타는 깜짝 놀랐다.

"그런데 이게 말이야, 생각했던 것보다 문제가 심각해. 비밀 프로젝트를 통해 완성한 제품에는 쏘미아라는 새로운 물질이 첨가되었어. 제2세대 가면을 탄생시킨 거지. 판게아가 얼굴 모양을 변형시킨다면 쏘미아는 가면 사용자의 기분까지 변화시켜. 아름다운 얼굴에 걸맞은 행복한 감정을 제공한다는 거야. 쉽게 말하면 기분을 좋아지게 하는 약물이 첨가된 거지."

"근데 왜 심각하죠? 기분이 좋아진다면서요."

"아이마스크의 비밀 실험 자료를 해킹해서 알아낸 건데, 새 제품을 착용하고 있는 동안은 기분이 좋아지지만 가면을 벗고 나면 우울감이 증폭돼. 하늘을 날던 기분이 갑자기 나락으로 떨어지는 거지. 그게 반복되면 가면을 쓰고 있든 아니든 그런 증세가 무차별적으로 나타나. 환각 증세를 일으키기도 하고. 아마 유령도 이걸 문제 삼아서 연구를 중단하려고 한 게 아닌가 싶어. 이 문제를 폭로하기 위해 우리를 찾아왔던 거고……."

가만히 듣고만 있던 도마뱀이 거들었다.

"약물 관련 전문가가 검토한 결과에 따르면 성분 중에 환각을 유발하는 물질이 포함되어 있어. 이 프로젝트의 초기 베타테스터 한 명이 자살한 사건도 정식으로 수사를 의뢰할 예정이야."

오타는 머릿속이 하얘지는 것 같았다. 피그가 길게 한숨을 내쉰 후 말했다.

"아이마스크는 이 문제를 해결할 때까지 계속 테스트를 할 거야. 테스트를 거친 안전한 제품을 부자들에게 제공하기 위해 가난하고 힘없는 베타테스터들이 희생당하는 거지."

오타는 입술을 지그시 깨물었다. 진진이 그런 일을 당하게 내버려 둘 수는 없었다.

"일단 73구역 기숙사로 가서 진진을 만나 봐야겠어요. 그 애는 자기가 하는 일이 위험하다는 걸 모르고 있을 거예요."

오타는 도마뱀이 챙겨 주는 물건들을 가방에 넣고 급히 일어섰다.

"조심해야 한다!"

사무실을 나오는데 걱정이 담긴 피그의 목소리가 들려왔다.

*

기숙사에 있는 아이들에게 방문객이 찾아오는 일은 많지 않다. 철이 든 후 한 번도 방문객을 맞은 적이 없는 아이들도 많았다. 가난한 부모들은 아이들을 자주 보러 올 수 없기 때문이다. 그래서 많은 아이들은 오랜 기간 기숙사에 있으면서 자신의 부모로부터 잊히고 자연스럽게 고아가 된다. 부모들은 자신이 낸 피 같은 세금으로 기숙사가 운영된다는 사실로 의무를 다했다고 자위한다. 적어도 그들은 사회의 생산력을 유지하는 데 기여한 것이다.

방문 절차는 까다롭지 않다. 신분증을 제시하고 방문 신청서에 만나고자 하는 이유를 적으면 된다. 기숙사 사칙에 따르면 외부인이 방문하는 경우 열다섯 살까지는 기숙사 내 보호자인 선생님이 함께 참석한다. 그러나 열여섯 살부터는 사생활 존중 차원에서 선생님이 동석하지 않는다. 물론 방문인의 행동은 CCTV 등을 통해 관찰된다.

나이가 지긋하게 보이는 방문 담당 선생님은 마치 검문이라도 하는 것처럼 오타를 유심히 바라보았다. 수업이 끝날 때까지 기다리라며 오타를 미팅룸으로 안내했다.

산뜻한 색깔로 꾸며진 미팅룸은 방 중앙에 나무 색깔의 테이블과 의자가 있고 한쪽으로 작은 테라스가 있었다. 테라스에는 화분 몇 개가 놓여 있어서 방의 분위기를 밝게 해 주었다. 한 시간쯤 기다리자 누군가 미팅룸의 문을 열고 들어왔다. 긴 머리를 하나로 묶은 여자는 얼굴이 하얗고 뺨이 불그스름했다. 긴장한 탓에 빨개진 것인지 아니면 늘 저렇게 빨간지는 알 수 없었다. 그녀는 동그란 눈을 깜빡거리며 오타를 바라보았다. 진진? 오타는 가면을 쓰지 않은 진진을 본 적이 없기 때문에 조금 당황했다.

"저, 저기……."

오타가 어렵게 입을 여는데 여자가 말을 가로챘다.

"진진은 지금 아파요."

아주 차가운 말투였다. 그녀는 경계심이 가득한 눈빛으로 오타를 노려보고 있었다.

"하실 말씀이 뭐죠? 제가 대신 전해 드릴게요."

예상치 못했던 상황에 오타는 당황했다.

"어디가 아픈 거죠?"

"그쪽에서 아실 필요 없잖아요. 할 얘기나 하세요."

여전히 쌀쌀맞은 말투였다. 혹시 진진이면서 아닌 척하는 것은 아닐까 하는 의심도 들었지만 아무래도 뭔가 달랐다. 진진이 아니라는 말은 사실인 것 같았다.

"친구예요?"

"네."

여자가 짧게 대답했다.

"그럼, 이렇게 전해 주세요. 새 프로젝트의 베타테스터는 절대 하지 말라고요."

그러자 여자가 동그란 눈을 더 동그랗게 뜨고 오타를 바라보았다.

"무슨 말이에요?"

"전하면 알 거예요. 위험하니까 하지 말라고……. 꼭 전해 주세요."

"왜 위험한지 알려 줘야죠."

오타는 잠시 망설이다가 말했다.

"심각한 우울증과 환각 증세를 겪게 돼요."

여자의 얼굴이 딱딱하게 굳었다. 오타는 꼭 전해 달라고 당부하고 미팅룸을 나왔다. 돌아오는 내내 머릿속에서 여러 가지 생각이 요동쳤다. 진진은 왜 그토록 가면에 집착하는 걸까? 지난번처럼 힘든 일을 당하고도 왜 또 베타테스터가 된 걸까? 가면이 좋아서라고 하기에는 치러야 할 희생이 많은데…….

정원에 도착했을 때는 저녁 시간이 다 되어갈 무렵이었다. 하루 종일 굶은 터라 배가 고팠다. 장미궁전 1층의 레스토랑에 가서 이제는 익숙해진 메뉴 중 오타가 좋아하는 것들을 골라 먹었다. 이 식사가 정원에서의 마지막 식사라 생각하며 천천히 속을 채웠다. 다 먹은 후 냅킨으로 입을 닦는 순간이었다.

쿵.

밖에서 둔탁한 소리가 들렸다. 이상하리만치 무겁게 울리는 소리였다. 오타는 반사적으로 고개를 들고 바깥으로 시선을 옮겼다. 잠시 후 밖이 소란스러워졌다. 사람들이 웅성대는 소리, 겁에 질린 비명 소리…….

레스토랑 안에 있는 사람들이 창가로 모여들었다. 오타도 그 틈에 끼었다. 장미궁전 앞뜰에 사람들이 모이기 시작했다. 불길한 예감이 들었다. 오타는 건물 밖으로 황급히 뛰어나갔다.

그의 정체

73구역 기숙사의 미팅룸은 약간 특수한 구조다. 세 개의 미팅룸이 나란히 있고 각 방에는 테라스가 있다. 그런데 테라스의 구분이 약간 허술하다. 완벽하게 막혀 있지 않다. 그 이유는 세 개의 방이 원래는 하나의 공간이었기 때문이다. 넓은 방을 세 개로 쪼개 미팅룸으로 만들었기 때문에 테라스에 서서 귀를 기울이면 옆방에서 나누는 대화가 들린다. 열여덟 살쯤 되면 청소년 기숙사가 어떻게 돌아가는지 훤히 꿰뚫게 된다. 기숙사 뒷담의 비밀 출입구나 미팅룸의 방음 상태에 관한 정보는 아주 기본적인 것들이다.

진진은 누군가 자신에게 면회 요청을 했다는 사실도 놀라웠지만, 그가 오타라는 사실을 알았을 때는 발밑이 덜컥 내려앉는 것 같았다. 정식 절차를 밟아 방문하다니, 미친놈이라고 웃어넘기기에는 지나치게 열성적이었다. 처음에는 '면회 거부'를 하려다가 마음을 바꿨다. 그가 온 이유가 궁금했다. 그래서 해나에게 부탁했다. 정원에서 알게 된 사람인데 자신을 자꾸 귀찮게 하니 대신 만나 달라고. 처음에는 거절했지만 직업 교육에 함께 가기로 약속하자 들어주었다.

해나에게는 그 사람이 자꾸 귀찮게 한다고 이야기했지만 사실은 다른 이유가 컸다. 가면을 착용하지 않은 얼굴을 보여 주기 싫었다. 가면을 쓴 모습만 보던 상대가 진진의 맨얼굴을 보며 어떤 생각을 할지 상상만으로도 끔찍했다. 분명히 상대방은 실망과 놀라움을 감추려고 할 것이다. 진진은 그런 상황을 참을 수 없었다.

옆방에서 말하는 소리가 제법 또렷하게 들렸다. 진진은 숨을 죽이고 두 사람이 하는 말에 귀를 기울였다.

"위험하니까 하지 말라고…… 꼭 전해 주세요."

진진은 놀라 벽에 몸을 기댔다. 위험하다고? 위험이라는 단어가 진진의 귓바퀴를 울린 순간 마음 깊은 바닥으로 몰아 버렸던 두려움이 바깥을 향해 헤엄쳐 올라오기 시작했다. 가면을 얻을 때는 대가를 치러야 한다는 불길한 예감.

잠시 후 두 사람이 옆방을 나가는 소리가 들렸다. 진진은 꼼짝도 않고 서 있었다. 해나가 문을 열고 들어왔다.

"들었어?"

진진이 고개를 끄덕였다.

"그게 무슨 말이야?"

해나가 걱정스러운 얼굴로 물었다. 그녀는 진진이 새로운 가면의 베타테스터가 된 사실은 모른다. 그런 이야기까지 세세하게할 필요는 없으니까. 진진은 어깨를 한 번 으쓱했다.

"나도 무슨 말인지 통 모르겠던걸. 저 사람 제 정신이 아닌 것같아."

진진이 아무 일도 아니라는 듯이 가볍게 말했지만 해나는 여전히 굳은 표정이었다.

"누군데 너한테 그런 말을 하는 거야?"

"진짜 모른다니까. 내가 아는 건 저 사람도 베타테스터라는 거야. 그것밖에 몰라."

"저 사람도 기숙사에 있어?"

해나가 혼란스러운 표정으로 물었다. 진진은 고개를 끄덕였다. 해나는 금세 울 것 같은 얼굴로 진진을 바라보며 말했다.

"네가 위험하다잖아. 이제 정원에 가지 마."

"위험하긴 뭐가 위험해? 저 사람, 무슨 말을 하는 건지 모르겠어. 갑자기 생뚱맞게 우울증이라니. 너도 알잖아? 난 우울해지기는커녕 더 밝아졌어."

진진은 일부러 환한 표정을 지으며 해나에게 팔짱을 둘렀다. 그리고 기분 좋게 휘파람을 불며 덧붙였다.

"진짜야. 난 요즘 너무 행복해."

해나가 못 말리겠다는 표정으로 고개를 설레설레 저으며 중얼거렸다.

"그래, 네가 요즘 밝아지긴 했어."

닥터 함을 만난 후 진진은 비밀 프로젝트의 테스터가 되었다. 지난번과 똑같은 절차를 거치고 추가로 몇 가지 검사를 더하는 등 다소 복잡한 과정을 거쳤다. 그나저나 오타가 자신이 새 프로젝트의 베타테스터가 된 것을 어떻게 알았는지 의아했다.

수업을 마친 후 진진은 정원으로 향했다. 오타의 경고가 마음에 걸리기는 했지만 얼마 지나지 않아 휴지 조각처럼 여겨졌다. 아니 그 이야기를 들었을 때 기분이 가라앉았기 때문에 더욱 가면을 쓰고 싶어졌다. 예쁘게 차려 입은 뒤 가면을 쓰면 기분이 좋아진다. 닥터 함이 이 가면은 기분도 좋아지는 제품이라고 했는데 정말 그런 것 같았다. 그렇게 만드는 물질이 뭐라더라? 쏘미아? 그래서인지 가면을 착용하고 10분 정도 지나면 마치 약을 먹은 후 약효가 돌듯이 기분이 편안해지면서 모든 것이 즐겁게 느껴졌다.

진진은 거리의 쇼윈도에 비친 자신의 얼굴을 바라보았다. 부드러운 콧날과 도도해 보이는 눈매, 동그랗고 반듯한 이마, 붉은빛의 도톰한 입술. 거울 속에서 새침한 느낌을 풍기는 미녀가 진진을 보며 눈을 깜빡거렸다. 지난번 얼굴이 리아의 얼굴이었다면 이 얼굴은 진짜로 진진의 얼굴이었다. 이번 가면은 여러모로 마음에 쏙 들었다. 귀 뒤의 은빛 표식도 무척 마음에 들었다. 이번에는 깃발이 나부끼는 모습인데 콩알처럼 작은 크기였지만 섬세하고 고급스러웠다. 쇼윈도 속의 얼굴이 진진을 바라보며 미소 짓자 오타 때문에 꺼림칙했던 기분이 사르르 녹았다.

'위험하다니, 당치도 않아……. 네이키드 주제에 뭘 안다고…….'

새로운 가면은 진진을 완전히 새로운 사람으로 바꿔 주었다. 닥터 함은 정원에서 사용할 수 있는 새로운 이름을 만들어 주고 새로운 신분 인증이 가능하도록 배려해 줬다. 진진이 새 가면을 쓰고 간 첫날, 정원사들은 진진을 새 이름으로 부르며 반겨 주었다. 처음 오는 사람에게 주는 정원 안내 책자를 주면서 정원 생활에 대한 기초적인 가이드라인을 알려 주었다. 진진은 진지하게 그 이야기를 경청하며 처음 온 사람처럼 행동했다.

정원에 다시 들어선 순간부터 진진의 눈은 누군가를 찾았다. 그러지 않으려고 애썼지만 소용없었다. 마침내 그를 발견했을 때, 그는 여전히 친구들과 어울려 행복한 얼굴이었다. 진진은 멀찌감치 서서 그를 바라봤다. 새로운 얼굴로 바뀌었으니 그가 알아보지는 못하겠지만 다가가서 말을 걸 용기는 나지 않았다. 아니, 그냥 그를 다시 본 것만으로 족했다. 하지만 시간이 흐르면서 그런 감정을 유지하기가 점점 힘들어졌다. 자신이 그렇게 쫓겨났는데도 아무렇지 않은 모습을 보면 마음 한구석이 멍든 것처럼 아프기도 하고, 때로는 방향을 알 수 없는 분노가 용수철처럼 불쑥 튀어나오려고 했다. 그럴 때마다 거울을 바라보았다. 아름다운 자신의 얼굴을 보면 어두운 감정들은 가라앉았다. 적어도 밖으로 튀어나오지 않도록 달랠 수는 있었다.

처음 정원에 올 때는 초봄이었는데, 이제는 완연한 여름이었다. 분수는 힘차게 물을 뿜었고 풀벌레 소리는 뜨거운 공기를 가르며 하늘로 뻗어 나갔다. 가면생활자들은 가볍고 환한 옷차림으로 정원을 누볐다. 마치 하얀색, 노란색, 분홍색 나비들이 정원을 날아다니는 것 같았다.

오늘은 장미궁전에서 열리는 패션쇼를 관람할 생각이다. 가면생활자에게 중요한 것 중 하나가 패션 감각이다. 진진은 나름 옷입는 센스는 있었지만 그건 기숙사에서의 이야기다. 가면생활자들의 안목에 비하면 보잘것없었다. 진진에게는 아이마스크에서 지원하는 지원금이 있고 그 돈으로 무언가를 사려면 안목이 필요했다. 원피스, 구두, 액세서리, 향수……. 화려한 쇼핑 리스트가 머릿속에서 팔랑거렸다.

장미궁전 입구에 다다랐을 때 평소와 분위기가 뭔가 다르다는 느낌을 받았다. 정원 특유의 소음, 예를 들면 음악 소리나 거기에 섞여 불규칙하게 튀어나오는 웃음소리 같은 것이 들리지 않았다. 정원사들은 굳은 표정으로 허둥거렸고 사람들은 주변을 힐끔거리며 끼리끼리 속삭였다. 다들 무언가에 놀라고 겁먹은 얼굴이었다.

"가까이 오지 마세요."

장미궁전 앞뜰 쪽으로 더 다가가자 정원사들이 막아섰다. 진진은 근처에 서 있는 사람들에게 물었다.

"무슨 일이에요?"

겁에 질린 표정을 한 여자가 진진에게 대답했다.

"사람이 죽었어요."

전혀 예상치 못한 답변이었다. 여자가 덧붙였다.

"장미궁전 5층에서 사람이 뛰어내렸어요. 투신자살한 것 같대요."

진진은 놀라서 아무 대답도 못했다. 정원에서 투신자살이라니, 믿을 수 없었다.

"누가요?"

근처에 서 있던 남자가 대화에 끼어들었다.

"누군진 아직 몰라요."

처음에 대답했던 여자가 말했다. 잔뜩 긴장한 얼굴의 정원사들이 현장 쪽으로 달려갔다. 정원사들은 그곳을 빙 둘러싸고 있는 사람들을 조금씩 바깥으로 몰면서 소리쳤다.

"물러서 주세요! 물러서 주세요!"

사람들이 한 걸음, 두 걸음 뒤로 물러섰다. 낯익은 얼굴이 진진의 눈에 들어왔다. 오타였다. 그는 시선을 주검에 고정한 채 새파랗게 질려 있었다. 그의 얼굴은 조금이라도 건드리면 그대로 무너질 것처럼 충격을 받은 표정이었다. 그의 감정이 전염된 것처럼 진진은 몸이 부르르 떨렸다. 사람들이 어느새 더 몰려들었다. 그들은 두려움과 호기심이 뒤섞인 목소리로 수군댔다.

"누구라고요?"

"저도 잘 아는 사람은 아니에요."

"도대체 누군데 저런 짓을 한 거예요?"

"다빈, 다빈이라고 한 것 같아요."

진진은 귀를 의심했다. 다빈이라고? 내가 아는 다빈? 그, 그럴 리가, 그는 죽을 사람이 아니야. 진진은 사람들을 헤치고 조금 전에 다빈의 이름을 말한 사람에게 다가갔다.

"이, 이름이 뭐라고요?"

"다빈이래요. 정원에 드나든 지 꽤 된 사람인데 이런 일이……."

그러자 또 다른 사람이 끼어들었다.

"다빈? 내가 아는 그 다빈 맞나요? 상당한 재력가의 자제라고 하던데……. 성품도 좋고 인기도 꽤 있었는데……."

진진은 고개를 흔들었다. 아니야, 동명이인이겠지. 정원은 넓고 사람들이 이렇게 많은데 이름 같은 사람이 한둘이겠어? 하지만 그가 아니라는 걸 확인하기까지는 마음을 놓을 수 없었다.

앰뷸런스의 사이렌 소리가 들렸다. 잠시 후 들것을 든 구급 요원들이 현장으로 뛰어갔다. 정원사들이 구경꾼들을 해산시키기 시작했지만 사람들은 좀처럼 흩어지지 않았다. 구급 요원들이 들것에 시체를 실었다. 그들은 빠른 걸음으로 정원 입구로 향했다.

'다빈은 절대 저런 짓을 할 사람이 아니야. 다빈! 어디 있는 거야? 모습을 보여 줘. 네가 아니라고, 걱정하지 말라고 말해 줘.'

진진은 속으로 외치며 사람들 틈에서 몸을 내밀고 들것이 지나가는 모습을 좇았다. 발끝에서 이마 끝까지 천으로 덮여 있어 누군지 알 수 없었다. 그런데 진진의 눈에 낯익은 물건이 들어왔다. 구급 요원을 따라가는 정원사가 들고 있는 구두였다. 다빈이 즐겨 신던 건데……. 진진은 멍한 눈으로 구두를 바라보았다. 앞이 부옇게 흐려지면서 모든 감각이 마비되는 것 같았다. 사람들이 수군대는 소리가 아득히 먼 곳에서 들려왔다.

"죽은 건가?"

"살아 있으면 기적이겠지."

"그거 들었어? 저 사람, 베타테스터라는군."

"진짜? 전혀 그렇게 보이지 않았는데."

"감쪽같이 가면생활자 생활을 했다는군. 재력가의 아들이니, 뭐니, 모두 가짜래. 참나."

"세상에! 사기꾼이네."

진진은 자신의 귀를 의심했다. 그럴 리가 없어. 다빈이 베타테스터라니. 그러나 주변에 있던 사람들이 모두 같은 이야기를 하고 있었다. 그들은 마치 하나의 입으로 말하는 것 같았다. 그들의 생각도 순식간에 하나로 통일되었다.

'베타테스터였군. 네이키드 주제에 정원에서 얼쩡거리다가 저런 꼴을 당한 거지.'

진진은 갑자기 속이 울렁거리면서 하늘이 빙빙 도는 것 같았다. 정원에 있는 모든 것이 사라지고 뜨거운 태양만이 머리 위에서 이글거리는 것 같았다. 어지럽고 갑갑했다. 불덩이 같은 하늘이 진진의 몸 위로 무너질 것만 같았다.

'숨을 못 쉬겠어.'

진진은 흩어지기 시작한 사람들 사이를 한 발짝, 두 발짝 걷기 시작했다. 어디로 가야 할지, 어떻게 해야 할지 아무 생각도 떠오르지 않았다. 깊고 검은 구멍 속으로 천천히 빠져들어 가는 기분이었다. 다빈에 관해 사람들이 늘어놓는 말들이 뒤엉켜 진진을 그 구멍 속으로 밀어 넣고 있었다.

'아니야, 그럴 리가 없어. 저 사람들은 다빈을 잘 모르잖아. 친구들을 찾아보자. 그들은 제대로 알고 있을 거야.'

지호, 은우, 미오 그리고 리아. 진진은 그들을 찾기 시작했다. 그러나 오늘따라 눈에 띄지 않았다. 가까스로 영화관 건물 1층 로비에서 리아를 발견했다. 진진은 그녀에게 다가가 말을 붙였다.

"잠깐, 얘기 좀……."

진진이 말을 걸자 리아는 화들짝 놀랐다. 한때 자신의 것이기도 했던 얼굴이 진진을 바라보았다. 두려움이 담긴 눈빛이 불안하게 떨리고 있었다. 그녀 역시 진진만큼이나 힘들어하고 있는 걸까.

"다빈이 죽었다는 게 사실이에요?"

진진이 말을 꺼내기 무섭게 리아의 얼굴에 불쾌한 빛이 퍼졌다.

"난 모르는 일이에요. 비, 비켜요."

"모르다니…… 다빈하고 친했잖아요."

진진이 더 이상 말을 붙여 볼 새도 없이 리아는 도망치듯 가 버렸다. 어쩔 수 없이 장미궁전 앞에서 바리케이드를 지키고 있는 정원사에게 낮에 있었던 사건에 대해 물었다. 정원사는 침통한 표정으로 잘 모른다고 했다. 그러다가 진진의 실망한 얼굴이 안되어 보였는지 한마디 덧붙였다.

"우울증 때문이라고 한 거 같아요. 제가 아는 건 그뿐이에요."

가슴이 턱 막히는 것 같았다. 오타의 경고가 떠올랐다. 베타테스터, 우울증, 환각 증세……. 아니야, 그럴 리 없어. 다빈이 그럴 리 없어! 진진은 쓰러질 것 같은 몸을 겨우 추슬러 연못 쪽으로 걸어갔다. 그곳에 가면 다빈이 있지 않을까? 진진을 바라보며 손을 흔들어 주지 않을까?

'그래. 모두가 잘못 알고 있는 거야. 다빈은 지금 연못가 벤치에서 편안히 쉬고 있을지도 몰라. 엉뚱한 곳에서 자신을 찾는 걸 알고 웃음을 터뜨릴지도 몰라.'

그러나 연못에는 아무도 없었다. 인공 폭포에서는 물이 더 이상 떨어지지 않고 더위에 지친 구름나무는 가지를 축 늘어뜨린 채 서 있어서 더 이상 구름처럼 보이지 않았다. 진진은 쏟아지는 눈물을 참으려고 고개를 들었다. 해가 기울기 시작하면서 붉게 물들기 시작한 노을성이 눈에 들어왔다.

*

"닥터 함을 만나게 해 주세요!"

진진은 다급하게 안내데스크의 여자에게 말했다.

"약속하셨나요?"

여자가 고개를 갸웃하며 물었다.

"아뇨. 하지만 꼭 만나야 해요."

여자가 의심쩍은 눈길로 진진을 보더니 어딘가로 연락을 취했다. 잠시 후 그녀는 내키지 않는 표정으로 올라가라는 제스처를 했다. 특수연구실에 들어가자 닥터 함이 난처한 얼굴로 진진을 맞았다. 눈물 자국으로 얼룩진 채 정신이 반쯤 나간 듯 보이는 진진의 얼굴을 보자 당황한 모양이었다. 그러나 그는 곧 담담한 목소리로 물었다.

"무슨 일이죠?"

"사람이 죽었어요."

닥터 함은 그제야 생각났다는 듯 미간을 살짝 찌푸리며 대답했다.

"아, 그건 정말 유감이에요."

"그 사람, 왜 죽은 거죠?"

닥터 함이 그걸 왜 자신에게 묻느냐는 얼굴로 바라보았다. 진진은 가슴이 답답해졌다.

"이 가면, 위험한 건가요?"

"진정해요. 누군가 죽었다면 그건 그 사람 개인의 일이에요."

닥터 함은 흔들림 없는 태도로 말했다. 진진은 화를 참을 수 없었다. 자신도 모르게 세차게 고개를 흔들며 중얼거렸다.

"거짓말이야! 이 나쁜 자식들! 다빈을 죽게 내버려 둔 거야."

닥터 함의 눈빛이 잠시 흔들렸다. 그러나 이내 냉정을 되찾은 듯 진진에게 물었다.

"그 사람에 대해 잘 알아요?"

진진은 잠시 머뭇거렸다. 물론 잘 모른다. 하지만 분명하게 그의 모습이 머릿속에 떠오른다. 이름은 다빈, 나이는 스물둘.

"다빈, 다빈이라는 사람이에요."

진진이 말하자 닥터 함은 컴퓨터에서 무언가를 찾기 시작하며 답했다.

"베타테스터 중에 다빈이라는 사람은 없어요."

"아니에요. 다빈이라고 했어요. 다들 그렇게 불렀고요."

"본명이 아니겠지. 베타테스터들은 본명을 사용하지 않는 경우가 많으니까."

"얼굴을 보면 알 수 있어요."

진진이 말하는 순간 닥터 함이 벽면에 걸린 커다란 모니터에 수십 개의 사진을 띄웠다. 대형 모니터가 사람들의 얼굴로 가득 찼다.

"지금까지 베타테스팅에 참여했던 사람들의 사진이야. 여기에서 누구를 말하는 거지?"

그 사진들을 보자 진진은 가슴이 턱 막혔다. 닥터 함이 띄운 사진들은 가면을 쓰지 않은 본래의 얼굴이었다. 진진의 얼굴도 보였다. 진진은 자신도 모르게 눈을 찌푸렸다.

"자, 누구를 말하는 거지? 누군지를 알아야 어떻게 된 건지 알아보지."

진진은 아무 말도 못 하고 사진들을 바라보았다. 어떤 얼굴도 다빈의 얼굴이 아니었다. 어쩌면 당연한 것인데 그게 당연하다는 것이 이상했다. 왜 자신은 다빈의 얼굴을 찾지 못할까? 그리고 그건 왜 당연할까? 어디서부터 잘못된 걸까? 진진은 그대로 서서 한참동안 사진 속의 얼굴들을 들여다보았다. 마치 그 속에서 길을 잃은 아이처럼…….

잠입

"정말 이상했어요. 혼자서 계속 중얼거리면서, 자기 얼굴이 무너진다고 그런 것 같아요. 그리고 또 뭐라더라, 무섭다고 한 거 같아요. 얼굴을 손으로 감싸면서 괴로워했어요. 그건 그냥 연기하는 게 아니었어요. 정말로 지옥불에라도 떨어진 것 같은 표정이었거든요."

남자는 손으로 얼굴을 감싸 쥐는 흉내를 내면서 말했다. 다빈이 뛰어내린 장소인 장미궁전 5층 라운지에 있었던 목격자였다. 그가 본 바에 의하면 다빈은 헛소리를 하며 얼굴을 감싸 쥔 채 테라스에서 뛰어내렸다. 주변에 모여 있는 사람들 모두가 굳은 얼굴로 그 이야기를 들었다. 잠시 후 정원사가 흥분한 목격자에게 다가오더니 그를 어딘가로 데리고 갔다.

사람들은 삼삼오오 모여 다빈에 관해 새로 알게 된 사실을 이야기했다. 그가 장기간 베타테스터로 정원에 드나들었지만 너무나 자연스러워서 아무도 베타테스터라는 사실을 눈치채지 못했다는 것, 그가 사실은 우울증을 앓는 환자였다는 것, 원래는 부잣집 자제인데 부도가 나면서 가난해졌다는 등 사실인지 거짓인지 알 수 없는 이야기가 시간이 갈수록 부풀려져 오갔다.

　아까 보았던 광경이 다시 떠올라 오타는 눈을 질끈 감았다. 다빈은 장미궁전 앞뜰에서 조금 비껴난 아스팔트 위에 엎드려 있었다. 그의 얼굴은 바닥을 향했지만 그가 다빈이라는 것은 단박에 알았다. 그의 몸을 중심으로 검붉은 피가 만드는 타원이 점점 커지고 있었다.

　그는 오타에게 가면생활자의 아이콘이었다. 완벽한 마스키드의 모델. 적어도 오타에게는 그렇게 보였다. 그런 그가 베타테스터였다니 믿어지지 않았다. 그리고 이해할 수 없었다. 무엇 때문에 오랜 기간 테스터가 되면서 가면생활자로 살아가기를 원한 건지. 결국 베타테스터는 실험쥐와 같은 신세인데……. 사람들을 중독 상태로 몰아가는 가공할 힘이 가면 속에 숨어 있는 걸까? 그래서 진진도 베타테스터가 되기 위해 발버둥 치는 걸까? 생각하면 할수록 머리가 아팠다.

　그런데 얼굴이 무너진다니 무슨 말일까? 목격자의 말이 자꾸 귀에서 맴돌았다. 지옥불에 떨어진 것처럼 괴로워했다니 도대체 왜 그랬을까. 그러다가 피그가 했던 말이 떠올랐다. 우울증, 환각, 비밀 프로젝트, 쏘미아……. 그렇다면 다빈도?

정원에 깃들기 시작한 어둠을 몰아내듯이 가로등에 불이 들어오기 시작했다. 벤치 앞에 있는 구름다리의 그림자가 길게 늘어졌다. 이제 시간이 얼마 남지 않았다. 오타는 일부러 레지던스 근처에 가지 않고 버텼다. 미리 갔다가는 정원사들의 눈에 띄어 관찰 대상이 될 수도 있기 때문이다. 대신 도마뱀이 준 지도를 외우다시피 하고 그가 일러준 도주로를 살펴봤다. 아홉 시가 되기 전에 대기하고 있다가 레지던스로 들어갈 계획이었다. 들어간 다음에는? 걱정하지 마라며 큰소리쳤지만 사실은 막막했다.

낮의 열기가 사라지고 서늘한 밤기운이 팔다리를 휘감기 시작했다. 사람들이 내는 소음이 걷히자 풀벌레들의 집요한 합창이 어두운 정원을 채웠다. 피그가 알려준 시각까지 이제 십 분. 오타는 수풀 사이에 숨어 어둠 속에 가라앉아 있는 레지던스를 바라보았다. 한참동안 관리하지 않아서 잡초들이 허리까지 자라고 관목 이파리들이 빽빽하게 우거져 있었다. 주변에는 가로등도 모두 꺼져 있어서 칠흑처럼 어두웠다.

열 시 정각이 되자 제일 먼저 인공 폭포 쪽에서 들려오던 물소리가 그쳤다. 동력으로 움직이는 폭포가 움직임을 멈춘 것이다. 그것이 마치 신호처럼 느껴졌다. 정원의 모든 인공적인 빛이 사라지고 희미하게 들리던 음악 소리도 멈췄다. 이제 들어갈 시간이다. 심장이 세게 뛰기 시작했다.

'오타, 처음으로 용기를 내 보자. 이번이 마지막이어도 좋아.'

오타는 몸을 굽힌 채 수풀에서 조심스럽게 빠져나왔다. 몸을 낮추고 레지던스로 향하는데 갑자기 레지던스 출입문이 열리면서 남자 한 명이 뛰어나왔다. 오타는 바닥에 납작 엎드렸다. 흐린 달빛에 비친 실루엣으로 짐작해 볼 때 남자는 정원사의 제복을 입고 있었다. 그는 휴대용 랜턴으로 발 앞을 어지러이 비추며 정원 입구 쪽으로 급히 달려갔다.

오타는 한달음에 달려 출입구까지 갔다. 문 안은 달빛마저 닿지 않아 꽤 어두웠다. 안으로 들어가자 쾨쾨한 공기가 콧속으로 들어왔다. 냄새만으로도 외부와의 접촉이 차단된 곳임을 알 수 있었다. 오타는 숨을 죽이고 문 안쪽의 벽에 기대선 채 내부의 모습이 눈에 익을 때까지 기다렸다. 긴장감에 다리가 후들후들 떨렸다. 주먹을 일부러 꽉 쥐며 마음을 가라앉히려 애썼다.

내부에서는 아무런 기척이 없었다. 방금 랜턴을 들고 달려 나간 사람 혼자서 지키고 있었던 걸까? 어디선가 아주 희미한 빛이 나오고 있어서 살펴보니 문에서 대각선 쪽에 위치한 비상구 표시등에서 나오는 것이었다. 그럼 이제 어디로 가야 하지? 오타는 피그가 낮에 했던 말을 떠올렸다.

"들어가자마자 메인 컴퓨터에 이 프로그램을 깔아. 네트워크 복구를 지연시킬 거야. 그러면 시간을 더 벌 수 있지. 그리고 지하 쪽을 주로 살펴봐. 우리가 알아낸 바로는 그 건물 전력 사용량의 90퍼센트가 지하에서 사용되고 있어. 지상층은 사용하지 않을 가능성이 커."

피그의 말대로 레지던스 1층에는 아무 것도 없었다. 어두워서 잘 보이지는 않았지만 내부는 가구 하나 없이 텅 빈 상태였다. 오타는 낮에 도마뱀이 준비해 준 기기를 실행시켰다. 잠시 후 화면 속에 빨간 점이 떴다. 현재 위치를 나타내는 표시였다. 빨간 점이 위치해 있는 곳에서 왼쪽으로 5미터 떨어진 지점에 계단이 보였다. 오타는 조심스레 그곳으로 향했다. 계단 옆 비상구 표시등의 희끄무레한 빛 아래로 계단이 나타났다.

지하에는 좁은 복도를 중심으로 여러 개의 방이 있었다. 첫 번째 방문을 열었다. 마찬가지로 어두웠지만 아무 것도 없던 1층과는 달리 사무 집기가 빽빽하게 들어차 있었다. 아이마스크가 사용하는 비밀 연구실인 듯했다. 방 안쪽에서 뿌연 빛이 보였다. 전력이 차단되어도 구동되는 메인 컴퓨터에서 나오는 빛이었다. 오타는 재빨리 복구를 지연시키는 프로그램을 메인 컴퓨터에 연결했다.

프로그램이 정상적으로 실행되는 것을 보고 일어서는데 이상한 소리가 들렸다.

쉭, 쉬이익, 쉬익.

바닥에서 뿌연 연기 같은 것이 피어오르고 있었다. 그것이 뭔지 알아볼 새도 없이 어지러움이 밀려오며 벽과 천장이 빙빙 돌았다. 연기에서 약간 매캐한 냄새가 나는 것 같았다.

'뭐, 뭐지?'

오타는 몸을 가누지 못하고 자리에 주저앉았다가 이내 바닥에 얼굴에 대고 고꾸라졌다. 의식이 혼미해지는 동안 피그와 도마뱀이 알려 주었던 도주로가 떠올랐다가 사라졌다. 그리고 피그가 정원의 뒷길 어딘가에 세워 놓겠다던 남색 미니밴의 차 번호가 떠올랐다가 사라졌다. 약속을 지킬 수 없게 되었다고 생각하는 순간 오타는 정신을 완전히 잃었다.

*

시간도 어둠처럼 깜깜할 수 있다는 것을 알았다. 오타는 깜깜한 시간 속에 잠겨 있다. 그러다 문득 어둠이 걷히는 느낌이 들면서 사람들의 목소리가 들렸다.

"베타테스터예요."

"여기저기 쑤시고 다니는 게 께름칙하더니 역시……."

"그런데 쓰러지기 전에 컴퓨터에 손을 댄 것 같습니다."

"뭐라고? 빨리 확인해 봐!"

눈을 뜨고 싶지만 떠지지 않았다. 그들은 계속 무어라고 떠들었지만 오타는 그 뜻을 해독하지 못했다. 그런 상태로 다시 어두운 시간 속으로 가라앉았다.

어둠이 걷히면서 낯선 광경이 펼쳐진다. 레지던스 지하의 복도에 서 있는 자신의 모습이 보인다. 유령을 찾아야 한다는 생각을 하면서 방문을 열기 시작한다. 방 안을 들여다보지만 아무것도 없다. 그 옆에 있는 문을 연다. 역시 빈 방. 열고 또 열고 수없이 반복하지만 문은 끝도 없이 생겨난다.

갑자기 레지던스에 불이 켜지면서 '위이이잉' 하고 동력 장치가 움직이는 소리가 들린다. 곧이어 폭포에서 물 떨어지는 소리가 들린다. 불안하고 초조해진다. 모든 것이 수포로 돌아간 걸까? 유령을 만나지 못했는데 정원이 원상복구되는 건가? 몸을 움직이려고 애써 보지만 꼼짝도 하지 않는다. 아, 그리고, 인공 폭포가 있는 연못 한가운데 누군가 서 있는 것이 보인다. 몸이 반쯤 물속에 들어가 있는 모습이 너무도 섬뜩하다. 누, 누구지? 다, 다빈? 다빈이 물속에 서서 오타를 향해 무어라고 외친다.

다빈은 이미 죽었는데…… 어떻게 된 건지 당황스럽다. 뭐든 말하려는데 입이 떨어지지 않는다. 다빈이 다시 외친다. 구해 달라고 하는 것 같다. 그 순간 오타는 자신이 잘못 생각했다는 것을 깨닫는다. 아, 아니구나. 그는 다빈이 아니야. 그는 유령이다. 얼굴을 모르다 보니 착각한 것이다. 이번에도 오타는 뭐라 말하려 하지만 입이 움직이지 않는다. 입을 수차례 뻐끔뻐끔하다가 겨우 눈을 뜨니 희미하게 회색 천장이 보인다. 그러나 이내 다시 어둠 속으로 빠져든다. 거대한 잠이 방 안을 가득 채우며 몰려온다. 회색 천장이 거무죽죽한 회색 구름이 되어 오타의 몸을 삼킨다.

그렇게 얼마나 잤을까? 오타가 눈을 떴을 때 제일 먼저 시야에 들어온 것은 하얀 커튼이 드리워진 창이었다. 창은 닫혀 있지만 창밖은 환했다. 그리고 자신은 병원용 침대 위에 누워 있다. 손등에는 주삿바늘이 꽂혀 있고 거기에는 작은 튜브가 연결되어 침대 옆에 매달아 놓은 수액으로 연결되어 있다. 수액에서 떨어지는 물방울 소리 외에는 아무 것도 들리지 않고 어떤 움직임도 느껴지지 않는다. 세상이 이대로 정지해 버린 것만 같다.

'여기는 어딜까? 시간이 얼마나 지난 걸까?'

하얀 연기를 맡은 순간 정신을 잃은 것이 분명했다. 아픈 곳은 없었지만 일어날 수가 없었다. 손가락을 까딱하는 것도 쉽지 않았다. 유령은 어떻게 되었을까? 안티마스키드의 총공격은 성공했을까? 피그와 도마뱀이 걱정하고 있을 텐데⋯⋯. 여러 가지 생각이 꼬리를 물었지만 이 방에서는 아무런 해답도 얻을 수 없었다.

몸을 일으키려고 했지만 잘되지 않았다. 정말 이상했다. 몸이 물에 젖은 솜처럼 한없이 무겁게 느껴졌다. 온 힘을 다해 몸을 뒤집다가 침대 밑으로 굴러떨어졌다. 겨우겨우 기어서 방문 앞에 다다랐다. 간신히 손을 뻗어 손잡이를 돌렸지만 문은 열리지 않았다. 밖에서 잠긴 것 같았다.

오타는 환한 빛이 비치는 창문을 바라보았다. 그러나 창문의

윤곽이 더 자세히 눈에 들어오자 오타는 창문의 진실을 알게 되었다. 불투명 유리창 밖으로 보이는 빛은 태양으로부터 온 것이 아니었다. 햇살처럼 느껴지는 조명일 뿐이었다. 오타는 바닥에 엎드린 채 더 이상 움직이지 않았다. 온몸에서 힘이 빠져나가는 것이 느껴졌다. 쓸 수 있는 힘을 다 써 버린 것처럼 그대로 정신을 잃었다.

그렇게 또 한참이 지났다. 다시 눈을 떴을 때 오타는 침대에 반듯하게 누워 있었다. 어떻게 된 일일까? 누군가가 자신을 침대에 다시 뉘어 놓은 것인가, 아니면 침대에서 떨어졌던 기억은 사실이 아닌가? 그런 꿈을 꾼 것뿐인가? 오타는 또다시 헷갈리기 시작했다. 꼼짝도 못하게 온몸을 휘어 감는 이 무력감은 뭘까. 오타는 잠들지 않으려고 애를 썼지만 소용없었다. 다시 눈꺼풀이 무거워지면서 오타의 정신은 깊은 바닥으로 천천히 내려앉았다. 그러기를 몇 차례 반복하고 나서였다. 갑자기 누군가 자신을 깨우며 낮지만 다급한 목소리로 말했다.

"오타, 정신 차려."

가까스로 눈을 뜨니 낯선 얼굴이 오타를 내려다보고 있었다. 창백한 얼굴에 충혈된 눈빛, 내가 아는 사람이었던가? 그는 몹시 긴장한 동시에 피로해 보였다. 그가 누군지 아직 깨어나지 않은 기억 속을 헤집는데, 남자가 오타의 손에서 주삿바늘을 뽑아내고 일으켜 앉혔다. 남자는 오타를 등에 업더니 지체하지 않고 방 밖으로 나갔다.

복도를 지나 비상계단을 올라가면서 그는 몇 번 오타를 고쳐 업었다. 오타가 체격이 작긴 하지만 거의 다 자란 몸이라 꽤 무거울 텐데도 그는 주춤거리지 않았다. 그는 필사적으로 온 힘을 다해 한 걸음 한 걸음 내딛었다. 그의 숨소리는 점점 거칠어졌고 등에서는 땀이 배어져 나왔다. 어둠 속에서 남자는 어딘가에 멈춰 서고 잠시 후 '딸깍' 하고 문 여는 소리가 들렸다. 이내 시원한 공기가 오타의 머리칼과 어깨에 와 닿았다.

정신이 혼미한 가운데에도 오타는 당황스러웠다. 당신은 누구냐고, 나를 어디로 데려가는 거냐고 묻고 싶지만 입술이 움직이지 않았다. 밖으로 나온 후에도 남자는 오타를 업은 채 쉬지 않고 걸었다.

남자의 등에 업힌 채 오타는 익숙한 밤 내음을 느꼈다. 나무, 꽃, 수풀이 한데 어우러져 만드는 냄새, 정원의 냄새다. 남자가 향하고 있는 곳은 정원의 북쪽. 둘은 어느새 북쪽 출입구에 다다랐다. 남자는 미리 준비해 둔 듯 리모컨을 꺼내 출입구 문을 열었다. 얼마 가지 않아 짙은 남색 차량을 발견한 그는 오타를 뒷좌석에 태우고 자신은 운전석에 앉았다.

오타는 당신은 누군지, 어디로 가려는 건지, 시간이 얼마나 지난 건지 묻고 싶었지만 입술이 움직이지 않았다.

"어, 어……."

오타가 겨우 외마디 말을 내뱉자 그가 이마의 땀을 닦으며 대답했다.

"안전한 곳으로 갈 거야. 걱정 마."

이상하게도 그 말을 듣고 나니 불안했던 마음이 조금 안정되었다. 혹시 이 사람은 피그가 보낸 사람일까? 궁금증이 커져 가는데 남자가 룸미러로 오타를 바라보며 말했다.

"여기에 들어올 생각을 하다니, 정말 겁이 없구나. 큰일 날 뻔했어……."

오타를 바라보는 그의 표정에서 안타까움이 느껴졌다. 그제야 오타는 남자가 누군지 알 수 있었다. 룸미러에 비친 남자의 눈이 벌겠다. 그는 눈을 한 번 문지르고 차에 시동을 걸었다. 차가 움직이기 시작하자 오타는 다시 잠 속으로 빠져들었다. 그리고 깊은 기억 속에 끌로 새긴 듯 남아 있던 속삭임이 들리기 시작했다.

"대일보이, 대일보이, 형의 이름은 대일보이. 꼭 기억해. 대일보이."

다섯 살짜리 동생 앞에서 눈물이 그렁그렁한 눈으로 속삭이던 열두 살 소년의 모습이 떠오른다. 그리고 그 소년이 내민 나무 인형. 두 눈과 코와 입이 또렷하게 보이던 나무 인형, 대일보이. 잊지 마, 대일보이. 잊으면 안 돼. 내가 너를 찾으러 갈 때까지…….

만남

"3주쯤 되었어요. 바깥에 나가지 않은지."

해나가 상담 선생님께 진진의 상태에 대해 이야기했다. 진진은 무심한 표정으로 듣고 있었다.

"왜 나가지 않아?"

"뭔가 무서워하는 것 같아요."

"뭘 무서워하는데?"

"그건 잘 모르겠어요. 잠꼬대로 무섭다고 해요. 말도 잘 안 해요. 원래는 말이 많은 앤데……."

해나는 진진의 대변자로 나섰지만 딱히 대변할 만한 내용을 알고 있지는 않았다. 상담선생님은 한 시간째 진진과 대화를 시도했지만 의미 있는 이야기를 나누지 못하자 친구인 해나에게 도움을 청했다. 그러나 해나 역시 어떤 실마리가 되지는 못했다. 상담 선생님이 진진을 바라보며 말했다.

"이야기하고 싶을 때 찾아오렴."

진진은 알았다는 뜻으로 고개를 살짝 끄덕였다.

다빈이 죽은 이후로 정원에 가지 않았다. 거부할 수 없는 힘에 이끌리듯 정원으로 향하던 발걸음이 스스로 의아할 정도로 갑자기 멈추어 버렸다. 그리고 아주 중요한 뭔가가 사라진 기분이 들었다. 진진이라는 인간을 이루는 알맹이가 통째로 빠져나간 것 같기도 했다. 외부의 자극에 무감해지고 특별히 기분이 좋지도 특별히 화가 나지도 않았다. 그러다가 유난히 쓸쓸한 느낌이 들면 가면을 꺼내 보았다. 그러면 기분이 조금 괜찮아지는 것 같다가 이내 다시 가라앉았다. 그리고 이상한 감정이 자꾸 들었다. 그것은 뭐라고 해야 할까. 안타까운 마음이라고 해야 할까, 억울한 마음이라고 해야 할까. 하지만 무엇이 안타까운 건지 무엇을 억울해해야 하는 건지 선명하지 않았다. 그저 혼란스러웠다. 그건 정말 누구에게도 설명할 수 없었다.

해나 손에 이끌려서 억지로 상담을 한 다음 날이었다. 방문 담당 선생님이 외부인의 면담 요청 메시지를 전해 왔다. 지난번에 오타가 왔던 때와 비슷한 절차였다. 혹시 오타가 또 온 걸까 했지만 아니었다. 담당 선생님이 보낸 메시지의 면담 요청자 프로필에는 여자 이름이 쓰여 있었고 진진보다 나이가 훨씬 많았다. 누구일까? 때로 직업 훈련을 받은 업체에서 자신들이 원하는 인력을 데려가기 위해 개별 면담을 요청하기는 한다. 하지만 진진은 직업훈련을 하면서 특별히 능력을 인정받은 적이 없다. 그런 종류의 방문은 아닌 것이 확실했다.

미팅룸의 문을 열고 들어가니 테이블 옆에 말랐지만 강단 있어 보이는 여자가 앉아 있었다. 그녀는 여름용 트렌치코트를 입고 있었다. 진진이 어리둥절한 표정을 짓자 그녀는 가볍게 미소 지으며 말했다.

"갑자기 찾아와서 놀랐겠어요."

진진은 자신을 바라보는 그녀의 눈길이 왠지 상냥하다고 느꼈다. 여자는 자신을 시사 잡지 기자라고 소개했다. 기자가 자신을 왜 찾아왔을까? 경계심이 슬그머니 고개를 들었다. 상대의 반응을 느꼈는지 여자가 말을 빨리 이어갔다.

"음, 다른 건 아니고, 오타의 부탁을 받아서요."

오타가……. 진진은 자신도 모르게 아랫입술을 깨물었다. 그는 아직 포기하지 못한 모양이었다. 하지만 이제 그럴 필요가 없다. 진진은 정원에도 가지 않고 가면 쓰는 일도 그만두었으니까. 여자는 진진의 표정을 살피며 할 말을 고르고 있었다. 말을 꺼내기가 쉽지 않은 것 같았다.

"오타는 잘 있어요. 그간 조금 힘든 일이 있었지만 이제는 괜찮아졌어요. 진진 양 걱정을 많이 하고 있어요. 잘 지내고 있는지 궁금해요."

가슴 한쪽이 먹먹했다. 자신을 진심으로 걱정해 준 오타의 마음을 외면했던 것이 부끄러웠다. 오타는 아직도 베타테스터를 하고 있는지, 힘든 일이 있었다는 말이 무슨 뜻인지 궁금했지만 쉽게 입이 떨어지지 않았다.

"그런데 정원이 잠정 폐쇄된 거 알고 있어요?"

전혀 몰랐던 일이다. 잠정 폐쇄? 그 말은 정원에 어울리지 않는다. 정원은 영원히 아름답게 빛나는 낙원 같은 곳인데……. 그게 사실이라면 정원을 활기차게 누비던 가면생활자들은 지금 모두 어디에 있을까? 초록색 제복을 입고 정원을 돌보던 정원사들은 어디로 갔을까?

진진이 믿을 수 없다는 표정을 짓자 여자가 설명을 시작했다. 아이마스크가 그들의 연구에 반대하는 연구원을 불법 감금 하고 있었던 사실이 알려져 관계자들이 경찰 수사를 받고 있고 정원은 수사가 끝날 때까지 폐쇄 결정이 났다는 것이다.

"그 연구라는 게 상당히 위험한 것이었기 때문이에요."

여자는 굳이 진진의 대답을 들으려 하지 않고 이야기를 이어 나갔다. 갑자기 과묵한 아이가 된 진진에 대해 기숙사 선생님으로부터 미리 설명을 들은 것인지도 모른다.

"자신이 하는 일에 광적인 자신감을 갖는 사람들이 있죠. 그들은 자신이 뭘 잘못하고 있는지 알지 못해요. 그저 목표를 향해 달려갈 뿐이죠. 돈을 많이 벌고 사람들이 박수 치면 옳은 건 줄 알아요. 닥터 함 같은 사람이 바로 그런 사람이죠. 그러는 과정에서 희생자가 생겨도 자신들과는 무관하다, 그들의 개인적인 문제일 뿐이다, 이렇게 회피하죠. 온갖 구실을 들어 자신들의 책임을 희생자에게 떠넘겨요. 그들에게는 권력과 명성이 있기 때문에 거짓말을 해도 진실처럼 받아들여지죠."

닥터 함이라는 이름을 듣는 순간 진진은 움찔했다. 여자는 진진의 얼굴이 어두워지는 것을 놓치지 않았다.

"혼자서 버텨 내려고 하지 말아요."

많이 들어 봤지만 한 번도 도움이 된 적은 없는 말이라고 생각하는데 여자가 진심이라는 듯이 덧붙였다.

"도와줄 사람이 있어요."

진진은 자신도 모르게 고개를 저었다. 그런 건 없다. 아무도 자신의 심정을 이해할 수 없다. 설명하기도 힘들지만 설명한다 해도 그걸 공감하는 것은 불가능하다. 진진이 정원에서 느꼈던 감정들에 대해 이해할 수 있을까? 다빈 때문에 자신이 겪는 감정을 과연 누가 이해할 수 있을까? 이 세상 어디에도 진진을 이해할 수 있는 사람은 없다.

그러나 여자는 쉽게 포기하지 않겠다는 눈빛이다. 그녀는 고개를 들어 미팅룸을 한 번 돌아보더니 가볍게 심호흡을 하며 입을 열었다.

"73구역 기숙사에는 특별한 전통이 있죠. 알고 있어요?"

갑작스러운 물음에 조금 당황했지만 진진은 고개를 끄덕였다. 기숙사마다 특별한 전통이랄까 의식이랄까 그런 것이 있다. 하지만 그런 것은 재미로 하는 얘기일 뿐 아이들은 별로 진지하게 받아들이지 않는다. 약속도 아니고 의무도 아니고 그냥 오랜 세월 함께 생활하면서 생기는 자연스러운 관습 같은 것이었다.

그 전통이란 선배와 후배의 관계에 관한 것이다. 사회에 진출한 선배는 도움을 청하는 후배에게 반드시 도움을 주어야 한다. 물론 딱 한 번이다. 후배 역시 한 번만 도움을 청할 수 있다. 그렇기 때문에 절박하게 도움이 필요한 순간에 신중하게 써야 한다. 기숙사 아이들은 이런 과정을 간단하게 '73구역 기숙사의 전통'이라고 불렀다. 아무 곳에도 의지할 데 없는 사람들이 서로의 안전망이 되어 주는 전통이라고 할까. 하지만 실제로 어떤 도움을 주고받는지는 알 길이 없다. 무엇보다 사회에 진출한 선배를 만나는 일부터 쉽지 않다.

여자는 진진이 알고 있어서 다행이라는 표정을 지었다.

"알고 있군요. 73구역 기숙사의 전통은 그거죠. 이렇게 외치는 거예요. 선배여, 도움을 청합니다. 저를 도와주시겠습니까? 우리 때는 이런 멘트였는데 지금도 똑같나요?"

순간 진진의 눈이 동그래졌다. 여자가 다시 물었다.

"같아요?"

진진은 고개를 끄덕였다.

"그렇군요."

여자가 미소를 지었다. 그런 전통이 아직 있다는 것에 안도한
것일까? 아니면 진진이 알고 있다는 것에 만족한 것일까? 그녀는
아까와는 다르게 속삭이듯 부드러운 말투로 이야기를 계속했다.

"그 말을 들은 선배는 반드시 후배를 도와줘야 해요. 나도 선배
한테 도움을 받았어요. 기숙사를 나올 때 빵 만드는 일에 강제로
배정되었어요. 나는 그 일에 서툴렀어요. 나하고는 정말 맞지 않
는 일이었죠. 10년간 그 일을 하면서 기숙사 출신이 해야 하는 의
무 노동을 마쳤어요. 일하고, 일하고, 또 일했죠. 정말 힘든 시간
이었어요. 그 후에 일을 그만두었어요. 10년간 하던 일을 그만두
는 데에는 용기가 필요했지요. 그때 선배의 도움을 받았고 덕분
에 새로운 일을 시작했어요."

여자는 잠시 말을 멈추고 진진을 바라보았다. 천천히 그리고
힘을 주어 말했다.

"진진 양에게 도움이 필요하면 기꺼이 도울게요."

진진은 멍한 표정으로 그녀를 바라보았다. 무슨 말이든 해야
할 것 같은데 무언가가 목에 콱 걸린 것처럼 나오지 않았다.

*

오타는 정원에서 나온 후 꼬박 하루를 자고 깨어났다. 눈을 떴을 때 가장 먼저 보인 것은 작은 거실의 천장이었다. 여기가 어딜까 생각하며 천장에서 벽과 창문 쪽으로 시선을 옮기는데 어디선가 익숙한 목소리가 들렸다.

"잠꾸러기구나."

오타가 누워 있는 소파의 맞은편에 앉아 있던 피그가 싱거운 농담을 던졌다. 내내 오타를 지켜보고 있었던 모양이었다. 그러자 그 옆에 있던 유령이 퀭한 눈으로 희미하게 웃었다.

"형제가 제대로 인사도 못 나누었다며? 내가 자리 좀 피해 줄까?"

피그가 엉거주춤 일어나려 하자 유령이 말렸다.

"아니, 괜찮아요."

뭐가 어떻게 된 건지 오타는 어리둥절할 뿐이었다. 유령의 설명을 들으니 오타는 그곳에서 열두 시간 동안 잠에 취해 있었다. 몸을 무기력하게 만들고 잠을 자게 하는 약이 주입되었기 때문이다. 레지던스 지하는 닥터 함의 비밀 연구실로 쓰이고 있었는데, 유령이 감금되어 있는 곳이기도 했다. 아이마스크는 얼마 전부터 미심쩍은 행동을 하는 오타를 주시하고 있었다고 한다. 다행인 것은 오타가 유령의 동생이라는 사실을 모른다는 거였다.

유령 역시 처음에는 비밀 연구실에 들어온 베타테스터가 오타인지 몰랐다. 하지만 안티마스키드의 총공격에 정원의 네트워크가 뚫리고 복구가 지연되면서 피그와 연락을 할 수 있게 되었고 그제야 레지던스에 들어온 침입자가 오타임을 알았다. 시간이 지나도 오타가 돌아오지 않자 피그는 어쩔 수 없이 경찰에 수색 요청을 했고, 이를 알게 된 닥터 함과 연구원들이 우왕좌왕하는 틈을 타 오타를 데리고 빠져나왔다고 한다.

"비밀 프로젝트에 처음 투입된 게 8개월쯤 전이야. 처음에는 몰랐는데 시간이 지나면서 뭔가 잘못되었다는 것을 깨달았어. 나 혼자 힘으로는 연구를 중단시키기 어려울 것 같아서 안티마스키드에 접촉을 시도했지."

피그가 따뜻한 차를 두 사람에게 따라주었다. 그는 이미 유령에게 대강의 설명을 들은 듯했다.

"쉬는 날이었는데 갑자기 연구실로 오라는 연락을 받았어. 현관문을 열고 나가려는데 뭔가 이상한 느낌이 들더군. 왠지 다시 돌아오지 못할 것 같은 예감 말이야. 그래서 오타에게 편지를 썼어. 외우고 있는 주소가 그것뿐이었거든. 주인집 편지함에 메모와 함께 꽂아 뒀지. 고맙게도 그분들이 부탁을 들어주셨군."

유령은 그날의 기억을 떠올리며 천천히 차를 마셨다.

"불길한 예감은 맞았어. 아이마스크에 도착하는 순간 감금당했지. 처음 몇 주는 회유에 따르지 않고 버텼지만 시간이 갈수록 내가 절대 이길 수 없는 싸움이라는 생각이 들더군. 어쩔 수 없이 하라는 대로 연구를 다시 시작했어. 물론 그런다 해도 그들은 나를 믿지 않았지. 내가 살아서 나가려면 밖에서 도와줘야 한다는 결론에 이르더군. 그래서 기회를 포착해서 안티마스키드에 접속해 메시지를 보낸 거고……."

유령은 그곳이 정원 안이라는 사실만 알았지 무슨 건물인지 몰랐다고 한다. 닥터 함이 지나가는 말로 정원의 모든 건물에는 상징 꽃이 있다고 한 것이 떠올라 방 곳곳에 있는 아잘레아 문양이 건물을 식별하는 열쇠가 될 거라고 생각했다.

그는 차분히 이야기를 이어갔지만 오랜 기간 갇혀 있으면서 마음을 졸인 탓인지 표정이 굳어 있었다. 오타는 그의 말을 듣는 동안 기분이 이상했다. 형을 만났다는 사실이 실감 나지 않았다. 기숙사 기록부에 있는 오타의 가족사항은 돌아가신 부모뿐이다. 오래전 부모님이 교통사고로 목숨을 잃은 후 오타는 기숙사에서 생활했다. 오타는 부모의 얼굴을 기억하지 못했고 기록부에 적혀 있는 부모의 죽음만 기억할 뿐이다. 기록부 어디에도 형에 대한 이야기는 없다. 피그가 오타의 마음을 읽었는지 입을 열었다.

"오타가 가장 궁금한 게 있을 것 같은데……."

유령이 찻잔을 내려놓고 피그와 오타를 번갈아 보았다. 그제야 알아챈 듯 입가에 긴장을 풀며 어색한 미소를 지었다.

"오래 전 이야기를 해야겠네요. 14년 전 부모님이 교통사고로 돌아가셨을 때 나는 열두 살이었고 나보다 일곱 살 어린 동생이 하나 있었어요. 부모님이 돌아가신 후 우리는 갈 데가 없어졌고 경제적으로 넉넉하지 않았던 부모님의 재산은 빚을 탕감하고 나니 남은 게 없었어요. 나와 동생은 모두 기숙사로 가야 하는 형편이었죠. 그런데 그 즈음 나는 공부에 꽤 두각을 나타내고 있었어요. 내 상황을 딱하게 여긴 학교 선생님이 후견인을 연결시켜 줬지요. 후견인은 내가 기숙사에 들어가지 않고 영재 교육을 받을 수 있도록 지원해 주었어요."

유령은 잠시 말을 멈추고 시선을 아래로 떨어뜨렸다. 그의 마음속에 오랫동안 응어리져 있던 감정이 느껴졌다. 이 사회에서 기숙사에 간다는 것은 하층의 삶을 예약하는 것이다. 영특한 아이를 아낀 학교 선생님은 그런 삶에서 구해 주고 싶었을 것이다. 그리고 열두 살 아이에게 어린 동생을 지킬 힘은 없었다.

"후견인은 내가 기숙사에 있는 동생과 연락하는 걸 원치 않았어요. 내게 그럴 능력도 없었고요. 하지만 나이를 먹으면서 동생을 찾겠다는 생각이 커졌고 졸업한 후 찾기 시작했죠. 전국의 청소년 기숙사에 문의했지만 학생들의 프라이버시를 지킨다면서 협조해 주지 않는 곳이 태반이었어요. 그러다가 작년에야 동생이 있는 곳을 찾아내고 연락을 했죠. 그리고 나는 동생을 데리고 올 준비를 시작했어요."

오타는 전화를 받았던 날을 떠올렸다. 그때는 미친놈의 헛소리로 생각했는데……. 물론 마음 속 깊은 곳에서는 수화기 건너편에서 들려오는 이야기를 믿고 싶었다. 하지만 막연히 기대하는 것과 눈앞에 현실로 벌어지는 것은 다른 문제였다. 그것이 아무리 좋은 일이라도.

피그는 유령과 오타가 정상적인 컨디션을 회복할 때까지 시간이 필요하다며 아파트에서 며칠 더 함께 있기를 권유했다. 함께 있기로 한 마지막 날, 피그의 아파트로 건지가 찾아왔다.

"너의 용기가 존경스러워, 오타. 다친 데 없이 돌아와서 얼마나 다행인지 몰라."

건지가 이렇게 말하며 오타의 오른손을 자신의 두 손으로 덥석 잡았다. 누군가의 손을 잡는 일이 익숙하지 않았지만 자신이 손을 빼내면 건지가 무안해할 것 같아서 가만히 있었다. 그녀가 손을 놓기 전에 손바닥에 땀이라도 찰까 봐 걱정되었다. 다행히 건지는 잡았던 손을 놓으며 말했다.

"진진을 만나고 왔어."

말로 하지는 않았지만 속으로 내내 진진 걱정을 하고 있었다. 혼자서 어떤 어려움을 겪고 있을지 모를 일이었다. 오타를 바라보는 건지의 눈빛이 다른 때와 조금 달랐다. 뭔가 할 말이 있는 표정이었다.

"73구역 기숙사, 거기는 정말…… 나한테는 애증이 교차하는 곳이지. 참, 내가 얘기 안 했지? 실은 나도 73구역 기숙사 출신이야. 그래서 진진을 꼭 만나고 싶었어."

오타는 자신의 귀를 의심했다. 건지를 알고 지낸 후 한 번도 기숙사 출신일 것이라고는 생각하지 못했다. 오타가 입을 헤 벌린 채 아무 말도 못 하자 건지가 빙그레 웃으며 진진의 소식을 전해 주었다.

"기숙사 밖에 나가지 않은 지 한참 되었다니까 가면은 더 이상 쓰지 않는 것 같아. 그 정도에서 멈춘 게 정말 다행이지. 너무 걱정 마. 우리에게는 회복할 힘이 있어. 함께 이겨 나갈 수 있는 시간도 있고. 그러니까 잘될 거야."

오타는 고개를 끄덕였지만 왠지 진진의 상태가 괜찮지만은 않다는 생각이 들었다. 다빈의 죽음과 가면의 부작용 때문에 충격을 받은 것이 분명했다. 그래도 건지가 진진을 도우려고 나섰으니 다행이다.

다음날, 오타는 기숙사로 돌아왔다. 유령이 함께 와서 그간 있었던 일을 설명하지 않았더라면 장기 무단 외박에 대한 무시무시한 벌점 폭탄이 떨어졌을 것이다. 유령은 오타에게 기숙사를 나와 함께 살자고 했지만 오타는 생각할 시간을 달라고 했다. 이제 자신도 독립적으로 살 나이가 되었기 때문이다. 차분하게 자신의 앞날에 대해 고민해 보고 싶었다.

그 후 유령은 아이마스크를 불법 감금 혐의로 고소하고 언론에 인터뷰를 자청했다. 안티마스키드는 아이마스크의 내부 자료를 공개하여 그동안 어떤 연구가 이루어졌는지 폭로했다. 아이마스크의 반격도 만만치 않았다. 해킹 공격의 위법성을 문제 삼아 역공격을 시작했다. 근거 없는 비방으로 사회의 불안을 야기하고 기업의 명예를 훼손했다는 것이다. 더 나아가 안티마스키드를 비방과 불법을 자행하는 범죄 집단이라고 몰아붙이며 언론 플레이를 시작했다.

싸움은 쉽게 끝나지 않을 분위기였다. 유령의 인터뷰를 하루 앞두고 안티마스키드의 사무실에 모두 모였다. 오타도 수업을 마친 후 사무실로 향했다. 자료 준비로 사무실 안은 분주했다. 피그는 누군가와 통화 중이었고 도마뱀과 건지, 유령은 자료를 점검하고 있었다. 유령은 정원에서 나올 때보다는 혈색이 좋아 보였다. 그리고 표정도 한껏 부드러워진 것 같았다. 오타가 슬쩍 말을 걸었다.

"떨리지 않아요?"

유령이 슬며시 웃으며 대답했다.

"긴장되지. 하지만 해야 할 일을 하는 것이니 후회는 없어. 아, 그리고 좋은 소식이 있어. 함께 제품 연구에 참여했던 연구원이 나와 함께 하기로 했어. 조금 있다 여기로 올 거야."

든든한 조력자를 얻은 덕분인지 유령의 얼굴은 밝았다. 유령에게 앞으로 계획에 관해 이런저런 이야기를 듣고 있는데 사무실 문을 두드리는 소리가 들렸다.

"어? 벌써 오셨나?"

유령이 문 쪽을 바라보며 말했다.

"제가 열어 드릴게요."

오타는 재빨리 뛰어가 문을 열었다. 그러나 연구원처럼 보이는 사람은 없었다. 대신 십대 후반의 낯선 소녀가 새로운 학교에 온 전학생처럼 호기심과 두려움이 담긴 눈빛으로 오타를 바라보았다.

"누구세요?"

오타가 물었지만 그녀는 대답하지 않았다. 그녀 역시 오타를 보고 놀란 얼굴이었다. 방을 잘못 찾은 사람 같아서 찾는 데가 어디냐고 물으려는데 그녀의 입가에 가느다란 미소가 서리는 것이 보였다. 그제야 오타는 그녀가 누군지 알아챘다.

"누가 왔는데?"

사무실 안쪽에서 피그의 목소리가 들렸다. 오타는 대답 대신 그녀가 안으로 들어가도록 옆으로 비켜섰다. 그러자 그녀가 조심스럽게 사무실 안으로 들어섰다. 아기가 처음 걸음마를 배우는 것처럼 작은 보폭으로 천천히. 그녀의 뒷모습을 잠시 멍하게 바라보다가 오타도 그녀의 걸음에 맞추어 한 걸음, 한 걸음 따라갔다.

잠시 후 건지가 탄성을 지르는 소리가 들렸다.

"와 줬구나! 잘 왔어. 정말 잘 왔어!"

평소의 건지와는 어울리지 않는 잔뜩 흥분한 목소리였다. 오타는 자신도 모르게 실실 웃음이 났다. 뿌듯한 감정이 가슴 속에서 몽글몽글 솟아났다. 세상이 다 내 편 같고 세상 사람들이 자신을 향해 미소 짓는 느낌. 낯설면서도 반가웠다.

그리고 뭐랄까, 어떤 일이든 잘될 것이라는 생각이 들었다. 아니 잘되지 않더라도 버텨 낼 수 있을 것 같았다. 버텨 낼 수 있다면 그것만으로도 잘된 거니까. 그것만으로도 다시 시작할 수 있으니까.

사무실 창문 너머로 도시의 불빛이 하나씩 둘씩 늘어난다. 지상으로 연결된 전철역의 열차 소리가 창틈 사이로 들어왔다가 빠져나가자, 어둠이 내린 창문 위로 소년과 소녀의 모습이 점점 또렷해진다. 이제 막 낯을 익히기 시작한 두 사람이 서로를 향해 조심스레 미소 짓는다. 새로운 세상을 향해 처음으로 손짓하는 것처럼.

어떤 강렬한 힘에 이끌려 이야기를 쓰기 시작합니다. 그러나 시간이 지나면서 그 힘은 점점 약해지지요. 저 높은 곳을 바라보던 눈은 바닥을 더듬고 날아갈 것 같던 발걸음은 점점 느려집니다. 그러다가 어느새 무릎이 땅에 닿고 맙니다. 손바닥으로 땅을 헤집고 무릎으로 기어야 합니다. 마침내는 바닥에 입을 맞출 지경에 이르게 되지요.

가끔 글을 쓰는 신세는 마리오네트 인형과 비슷하다는 생각을 합니다. 마술 같은 힘에 의해 처음에는 혼자서도 춤추고 노래할 수 있을지 모르지만 오래가지 못합니다. 누군가가, 또는 무언가가 붙들어 주어야 합니다. 희망을 잃고 땅바닥에 고꾸라진 몸뚱이를 일으켜 주어야 합니다.

이 이야기를 쓰는 동안 저도 마찬가지였습니다. 처음 시작했을 때는 높은 곳에서 환한 빛이 이끌어 주는 것 같았고 멋지게 완성할 수 있을 것 같았습니다. 당연히 착각이었지요. 빛은 곧 사라져 버렸고 안개 속을 정처 없이 걸어가는 신세가 되었습니다. 겨우겨우 완성했지만 망쳐 버린 그림 같았습니다. 고치고 싶은데 어떻게 고쳐야 할지 몰랐습니다. 망친 그림을 고치는 것보다 새로 그림을 그리는 것이 수월하다고 하지요. 처음부터 새로 쓸까? 이런 생각도 여러 번 했습니다. 마치 상자 속에 갇힌 느낌이었습니다. 상자는 그리 높지 않지만 바깥은 보이지 않았습니다. 까치발을 해 봐도, 힘껏 뛰어 봐도 담벼락의 끝만 보일 뿐 그 너머는 보이지 않았습니다. 포기해야겠다는 생각도 했습니다. '망했어. 다음에 잘 쓰자' 했다가 그마저도 자신이 없을 때는 '그래, 다음 생에 잘 쓰자'라고 중얼거리며 노트북을 덮었지요.

그래도 마칠 수 있었던 것은 누군가의 한마디였습니다. 이 고비에서는 이 한마디가, 저 고비에서는 저 한마디가 끈이 되어 저를 붙들어 주었습니다. 덕분에 땅에 처박고 있던 고개를 들 수 있었고 무릎을 세울 수 있었습니다. 그리고 마지막 문장의 마침표를 찍을 수 있었습니다. 이 자리를 빌려 끈을 붙들어 주었던 분들께 감사의 인사를 전합니다.

글을 쓰면서 알게 된 사실은 '그럼에도 불구하고' 책을 읽는 사람들이 꽤 많다는 것입니다. 예전보다 그 위세는 형편없어졌지만

활자를 읽음으로써 자신의 삶을 채워 가는 사람들은 아직 건재합니다. 그들 덕분에 함께 쓰고 함께 읽으며 살아갈 수 있습니다. 감사합니다.

다시 겨울로 들어서며

조규미

가면생활자

© 조규미, 2019

초판 1쇄 발행일 | 2019년 1월 10일
초판 9쇄 발행일 | 2021년 4월 20일

지은이 | 조규미
펴낸이 | 정은영
편　집 | 최성휘
마케팅 | 최금순 오세미 박지혜 김하은 김현지
제　작 | 홍동근

펴낸곳 | ㈜자음과모음
출판등록 | 2001년 11월 28일 제2001-000259호
주　소 | 04047 서울시 마포구 양화로6길 49
전　화 | 편집부 (02)324-2347, 경영지원부 (02)325-6047
팩　스 | 편집부 (02)324-2348, 경영지원부 (02)2648-1311
이메일 | jamoteen@jamobook.com

ISBN 978-89-544-3932-9 (43810)

이 도서의 국립중앙도서관 출판예정도서목록(CIP)은 서지정보유통지원시스템 홈페이지
(http://seoji.nl.go.kr)와 국가자료공동목록시스템(http://www.nl.go.kr/kolisnet)에서
이용하실 수 있습니다.(CIP제어번호: CIP2018040784)

* 이 책은 서울문화재단 '2018년 문학창작집 발간지원사업'의 지원을 받아 발간되었습니다.